婚活食堂7

山口恵以子

PHP
文芸文庫

○本表紙デザイン＋ロゴ＝川上成夫

目次

主な登場人物

玉坂《たまさか》 恵《めぐみ》――四谷《よつや》のしんみち通りにあるおでん屋「めぐみ食堂」の女将《おかみ》。以前は占い師として活躍したが、今はささやかな力で人と人との縁を結ぶ手伝いをしている。

真行寺巧《しんぎょうじたくみ》――大手不動産賃貸会社「丸真《まるしん》トラスト」社長。めぐみ食堂の入るビルのオーナーでもあり、恩人である尾局與の遺言《ゆいごん》により、恵をサポートし続けている。

江川大輝《えがわだいき》――真行寺が後見人を務める少年。真行寺の依頼で、たまに恵が遊びに連れ出す。

尾局《おつぼね》 與《あたえ》――「原宿の母」と呼ばれた大人気占い師。恵の占いの師匠で、真行寺の命の恩人。

◆めぐみ食堂の常連客◆

藤原海斗《ふじわらかいと》――IT関連事業を手掛ける「KITE」社長。四十代独身で超イケメン。

新見圭介《にいみけいすけ》――四谷にある浄治《じょうち》大学文学部の客員教授。

浦辺佐那子《うらべさなこ》――めぐみ食堂で新見と出会い、事実婚をした七十代の美人。

矢野亮太《やのりょうた》――四谷にある会計事務所に勤める公認会計士。

矢野真帆《やのまほ》――啓宥館《けいゆうかん》大学大学院に籍を置く研究員。めぐみ食堂で亮太と再会し、結婚。

織部杏奈《おりべあんな》――四谷にある総合病院の事務職員。編集者の織部豊《ゆたか》と紆余曲折《うよきょくせつ》の末、結婚。

江差清隆《えさしきよたか》――邦南《ほうなん》テレビ報道局の『ニュースダイナー』プロデューサー。

沢口《さわぐち》 秀《しゅう》――四谷にある岡村《おかむら》学園の職員。ボランティアで「特定班」の活動をしている。

播戸慶喜《ばんどよしのぶ》――浄治大学経済学部教授。恵の勧めでAI婚活を始める。

一皿目

ズッキーニを特定せよ

……五月の空は青い。

玉坂恵《たまさかめぐみ》はふと足を止め、空を見上げてそう思った。

空はいつだって青いのに、五月になるとひときわ青が鮮やかに感じられる。菜種《なたね》梅雨《づゆ》が明けて再び梅雨が始まるまでの一時《いっとき》が、爽《さわ》やかさをいや増すからだろうか。それとも、夏に向かって進む季節が、人の心を明るく浮き立たせるからだろうか。

毎年、四月の終わりから六月の半ばにかけて、恵の心は明るくなる。何か良いことが起きそうな気がする。実際にはそれほど良いことはなかったのに、どういうものか夏を迎えるこの季節が、恵は子供の頃から大好きだった。

「今日は良いことがありましたよ。走りのズッキーニが大安売りだったの」

恵は浦辺佐那子《うらべさなこ》におしぼりを差し出して言った。

「ズッキーニねえ。いつの間にやら、すっかり日本の食卓に浸透したわね」

佐那子は手を拭《ふ》きながら、カウンターの大皿料理に目を走らせた。

本日のメニューは、ラタトゥイユ、ズッキーニとトマトのシラス和《あ》え、ズッキーニと鶏肉のカシューナッツ炒《いた》め、ズッキーニの肉詰め出汁餡《だしあん》かけ、そして卵焼きだった。もちろん、ラタトゥイユにもズッキーニが入っている。

ここは、JR四ツ谷《よや》駅からほど近い、しんみち通りにあるめぐみ食堂。食堂とはいうものの実態はおでん屋で、カウンター十席の小さな店だ。しかし、おでん以外にも季節ごとの自慢料理が毎日数品あり、カウンターには五種類の大皿料理が載っている。

大皿料理は、単品注文では一品五百円だが、お通し代わりに注文すれば小皿に盛って二品で三百円、五品全部でも五百円。ほとんどのお客さんは五品全部載せを注文する。

もちろん、佐那子も例外ではない。

「ええと、お通しは全部載せ。飲み物はスパークリングワインをグラスで」

「今日はフレシネのコルドン・ネグロになります。よろしいですか?」

「ええ。フレシネは呑《の》みやすくて、大好きよ」

恵はボトルの栓《せん》を開け、黄金色《こがねいろ》の液体をフルートグラスに注《つ》ぐと、菜箸《さいばし》を取り、大皿料理を取り分け始めた。

「私、何年か前、今頃の季節にスーパーに行くと、青瓜《あおうり》が山積みになっているんで『漬物《つけもの》にしようかしら』なんて思って近づいてみたら、瓜じゃなくてズッキーニだったの。びっくりしたわ」

佐那子は外国人のようにひょいと肩をすくめ、両手を広げた。

「日本古来の野菜は、どんどん外国産に駆逐《くちく》されていくわね」

「でも、日本に定着している外国産の野菜って、みんな日本料理に合うものですよ」

恵は佐那子の前にお通しの皿を置いた。

「私、白菜は昔から日本にある野菜だと思ってたんですけど、実は明治になってから入ってきたんですって」

「まあ、ホント？」

割箸《わりばし》に伸ばそうとした佐那子の手が宙で止まった。

「昔読んだ本に書いてありました。『おばあちゃんの知恵袋』だったかしら？」

タイトルはうろ覚えだが、「衛生面に問題がある」と夫に止められ、最初の頃は白菜が食べられなかったと書いてあったのが印象に残っている。

「今じゃ、白菜のない鍋物《なべもの》なんて考えられないけど」

佐那子は呆《あき》れたように呟《つぶや》いてズッキーニの肉詰めをひと切れ、口に入れた。

「あら、美味《おい》しい。上品ね」

白出汁を使った餡は、生姜《しょうが》の搾《しぼ》り汁で香りと辛味《からみ》のアクセントを利《き》かせている。

「ズッキーニって、味と食感がナスに似ていると思いませんか？」

「ああ、言われてみればそうね」

「だから味噌汁《みそしる》の具にも使えるんですよ」

「良いこと聞いちゃったわ。今度、やってみよっと」

次は炒め物をひと口食べて頷《うなず》いた。

「うん。油と相性が良いのもナスに似てるわ」

佐那子はフレシネで口に残った油を流してから、シラス和えをつまんだ。

薄切りにしたズッキーニを塩揉《しおも》みしてから、トマト、シラスと一緒に合わせ調味料で和え、千切りにした大葉《おおば》を散らしてある。キュウリ揉みとは少し違った、しんなりした食感が楽しめて、初夏に相応《ふさわ》しい一品だ。

「生でもいけるわね。ナスみたいに漬物に出来るかしら？」

「あ、それはグッドアイデア。いただきです」

恵は壁のホワイトボードに顔を向けた。本日のお勧め料理の筆頭に〝ズッキーニとスモークサーモンのサラダ〟と書いてある。

「これ、ズッキーニをピーラーでリボンみたいにスライスして盛り付けるんです。すごく見映《みば》えが良いんですよ」

スモークサーモンとトマトとモッツァレラチーズを一緒に盛り付けてドレッシングをかけるだけだが、リボン状のズッキーニはとてもおしゃれに見える。パーティー料理にピッタリだ。

「勧め上手ね。それは圭介《けいすけ》さんが来てからいただくわ」

佐那子は小さく笑って、グラスを傾けた。

「……そういえば」

ふと思い出したように眉《まゆ》を上げた。

「最近、まいさんはいらしてる？」

大友《おおとも》まいはめぐみ食堂の常連だったが、林嗣治《はやしつぐはる》と今年結婚した。林は「フォレスト」という服飾品中堅ブランドの創業経営者だったが、まいとの結婚を機に経営からは完全に引退した。まいも児童養護施設「愛正園《あいせいえん》」を退職し、専業主婦になった。

「先月一度、ご夫婦でお見えになりました」

以前は週に二回は来店してくれたが、結婚してからは前回の来店が初めてになる。

「新婚だから、夫婦水入らずで過ごしたいのかも」

「それと、ご主人の行きつけの店もあるんじゃないの。確かあの方、オーナー社長だったのよね」

サラリーマン社長は定年を境に交際範囲が縮小するが、オーナー社長の場合はあまり変わらない。そもそも定年がない社長もいる。

「でも、新婚ごっこに飽きたら、またお宅に来るようになるわよ。だって、毎日ご飯作るの面倒だもの」

佐那子が艶然《えんぜん》と微笑《ほほえ》んだとき、入り口の引き戸が開いて新見《にいみ》圭介が入ってきた。

「ごめん。待たせた？」

「いいえ。ちっとも。恵さんと噂話《うわさばなし》に花が咲いてたとこ」

新見圭介は四谷《よつや》にある浄治《じょうち》大学の客員教授で、英文学を教えている。佐那子とはこの店で知り合い、今は事実婚の関係にあった。

「僕も彼女と同じものを」

新見は佐那子のグラスを指さした。

「ねえ、圭介さん。お勧め料理、あのズッキーニとスモークサーモンをいただきましょうよ。ズッキーニを薄く削《そ》いでリボンみたいに飾るんですって。見てみたいわ」

「面白そうだね。そうしよう」

　新見は幸いなことに好き嫌いがないので、いつも佐那子に合わせて料理を注文する。本当はズッキーニなる野菜が如何《いか》なるものか、確固たるイメージがないのだが、佐那子が好きならそれで構わなかった。

「おでん、筍《たけのこ》はある？」

「はい。たっぷりと。それと、新ジャガも」

「じゃあ、おでんになったら筍と新ジャガを」

　新ジャガは煮っ転がしや揚げ物、炒め物にして大皿料理で出すことが多いのだが、おでんのジャガイモが好きだというお客さんが結構いるので、リクエストに応《こた》えるようになった。

「圭介さん、今日のお通し、卵焼き以外はみんなズッキーニが使われてるのに、どれも全部味わいが違うと思わない？」

「そうだね。和・洋・中で調理法が違うせいかな。同じ野菜を食べている気がしない」

　恵は嬉《うれ》しくなって目尻《めじり》を下げた。

「ありがとうございます。お褒《ほ》めに与《あずか》って光栄です」

「お世辞《せじ》じゃないわよ。本当のこと」

佐那子はグラスを目の高さに上げて微笑んだ。

「さてと、本日のお勧め料理は……」

佐那子が壁のホワイトボードを見上げると、圭介もつられて視線を動かした。

ズッキーニとスモークサーモンのサラダの他に、鰹《かつお》（タタキまたはカルパッチョ）、鯵《あじ》のなめろう、新ジャガのバター塩昆布《しおこんぶ》、鰹のステーキ、アジフライのメニューが並ぶ。

「困ったわ。全部食べたくなる」

佐那子は助けを求めるように新見を見た。

「まずは新メニューを頼もうか。この新ジャガのバター塩昆布って、どういうの？」

「新ジャガを熱々にチンして、バターと塩昆布を絡《から》めて、仕上げにお醤油《しょうゆ》をちょっとかけます。ジャガバタの親戚《しんせき》ですね」

「それじゃ、美味《うま》くないわけがないな。ええと、あとは……なめろうも食べたいが、アジフライは外《はず》せないなあ」

「それにしましょう。恵さん、ズッキーニのサラダとなめろう、新ジャガ、アジフライね」

「はい、かしこまりました」

佐那子は満足そうに新見に向かって頷いた。

「お酒、次はどうなさる？」

「おでんまではスパークリングをいただこうか。ジャガバタとアジフライなら、泡《あわ》がピッタリだ」

「賛成。というわけで、フレシネ、残りのボトルをいただくわ」

「ありがとうございます」

恵は冷蔵庫からフレシネの瓶《びん》を取り出し、口をふさいでいるストッパーを外してワインクーラーに氷水を張った中に入れ、カウンターに置いた。あとは任せて、二人に注いでもらう。

「こんばんは」

入り口の引き戸が開いて、お客さんが一人入ってきた。初めて見る男性で、年の頃は四十半ばくらいだろう。

「いらっしゃいませ。どうぞ、お好きなお席に」

何気なく後ろを振り向いた新見が、驚いた顔をした。

「これは、播戸《ばんど》先生」

「新見先生、どうも」

播戸と呼ばれた客が新見に会釈《えしゃく》すると、新見は佐那子と播戸を交互に振り向いて紹介した。

「こちら、経済学部の播戸先生。こちらは家内の佐那子です」

「どうも初めまして。播戸慶喜《よしのぶ》といいます。新見先生にはお世話になっております」

新見は胸の前で片手を振った。

「とんでもない。播戸先生は浄治の生《は》え抜きでね。こっちの方がずっと世話になってるよ」

「だと思ったわ。圭介さんはお世話するよりされるタイプですもんね」

佐那子は楽しげに微笑んだ。

「お飲み物は何になさいますか？」

恵がおしぼりを差し出して尋ねると、播戸は生ビールの小ジョッキを注文した。

「こちらの大皿料理は単品ですと一品五百円になります。お通し代わりに注文していただきますと、二品で三百円、五品全部載せで五百円になります」

播戸はカウンターの上の大皿を一瞥《いちべつ》した。

「僕は鯖《さば》アレルギーなんだけど、鯖は入ってないよね？」

「はい。大丈夫です」

「じゃ、全部で下さい」

恵は生ビールを注ぎながら、播戸の様子を観察した。

髪の毛は天然パーマ、上下を押しつぶしたような四角い顔で、小さな目と胡坐《あぐら》をかいたような鼻、への字に結んだ唇《くちびる》がある。有り体《あてい》に言って不細工《ぶさいく》な顔だが、困り切ったブルドッグに似て、どことなくユーモラスな印象があり、決して人好きのしないタイプではない。

しかも四十代で一流大学の教授ともなれば立派なものだ。収入だって悪くないだろう。

元占い師の性《さが》として、恵はつい踏み入ったところまで推察してしまう。

恵は二十代初めに〝白魔術占い　レディ・ムーンライト〟としてマスコミに登場し、テレビや雑誌に引っ張りだこの人気者になった。しかし四十歳のとき、不幸な事件でその力を失い、それからはおでん屋の女将《おかみ》としてひっそりと生きてきたのだが、五十歳になると〝人と人とのご縁〟が見えるようになった。恵はそれを契機に、新しく授かったその小さな力と、これまでの人生で培《つちか》った人間力を頼りに、密《ひそ》かにご縁を結ぶ手助けを始めた。

やがてめぐみ食堂に集《つど》うお客さんに次々とカップルが誕生し、いつしか〝婚活パワースポット〟と評判が立つようになった。

昨年、それを知ったニュース番組のプロデューサーに頼まれて、取材を受けることを承知した。内容はいたずらに〝婚活パワースポット〟に注目するのではなく、男女の〝ご縁〟について考えさせる良心的な作りになっていたので、恵も満足していた。

播戸はお通しを盛り付けている恵を見上げた。

「実は去年、この店、テレビで観《み》ました」

「まあ、そうでしたか」

「当分の間はテレビを観た人で混むだろうから、空《す》いたら行こうと思っていたら、今になってしまって」

播戸が懐《なつ》かしそうな目になったので、恵は「浄治の生え抜き」だと言った新見の言葉を思い出した。

「先生は浄治大の卒業生でいらっしゃるんですね」

「うん。今から二十二年前」

「もしかして、前にこのお店にいらしたことが？」

「いや、しんみち通りにはよく来たけど、ここは初めて」

「その頃いらしたのは、多分ルノワールとか、洋食のエリーゼとか、居酒屋の鬼平《おにへい》とか」

恵は思い付いた店の名前を挙げてみた。

「エリーゼ！　懐かしいなあ。よく待ち合わせに使ったよ。オムライスとヒレカツカレーが美味くてさ。鬼平も行ったけど、一番行ったのは何といっても串友《くしとも》だな。安くてボリュームたっぷりの串焼き屋で、いつも貧乏学生で一杯だった」

播戸は首を振って溜息《ためいき》を吐《つ》いた。

「どれももうないんだよね」

「ルノワールは健在ですよ。でも、しんみち通りも随分お店が入れ替わりました」

しんみち通りは、百五十メートルほどの狭い路地の両側に、七十軒近い飲食店が建ち並んでいる。敷居の高い高級店はなく、気軽に入れる明朗会計の店ばかりだ。

そして、しんみち通りで路面店でのおでん屋はめぐみ食堂だけだ。

「ここはいつからやってるの？」

「今年で足かけ十四年になります。でも、前の女将さんは五十年近く営業していたそうで、引退されるときに買い取りました」

それからも、周囲の店はいくつも入れ替わった。当時から続いている店は半数くらいになったような気がする。

「……開業以来かれこれ六十有余年か。それにしては随分新しいね」

「前は今にも壊れそうな木造家屋だったんですけど、四年前にもらい火で全焼してしまいまして、新しく建ったビルにテナントで入れてもらったんですよ」

播戸は納得した顔で頷いたが、ふと何か思い出したように目を細めた。

「ああ、そういえば、鬼平の向かいにそんな店があった気がする。あそこ、おでん屋だったんだ」

播戸は出されたお通しをひと通り口に運び、感心したように言った。

「さすが、新見先生がご贔屓《ひいき》にされるだけあって、美味しいですね。もっと早く来れば良かった」

「今日、昼に学食で播戸先生と一緒になってね。ここのことを話したんだ」

「それで、ああ、あの店に行かなきゃって思い出して、やってきたんです」

播戸が話を引き取ると、佐那子は新見に耳打ちした。

「私達の縁結びスポットだってことも、お話しした？」

新見は照れたように頷いた。

「お待ちどうさま」

恵はズッキーニとスモークサーモンのサラダの皿を置いた。ガラスの皿の上には薄緑色のズッキーニがリボンのように盛り付けられ、ピンクのスモークサーモン、白いモッツァレラチーズ、黄色いプチトマトが顔を覗《のぞ》かせている。その上に散ったピンクの点々は、ピンクペッパーだ。

それを見て、播戸は興味津々《きょうみしんしん》で皿の方に首を伸ばした。

「きれいですね。何の料理ですか？」

恵に訊《き》いたのだが、佐那子が代わって愛想《あいそ》良く答えた。

「ズッキーニとスモークサーモンのサラダです。先生、せっかくですから、ひと口お味見なさいませんか？」

「いえ、それは……」

播戸が遠慮する前に、佐那子は素早く皿に少量取り分けて、カウンターの前に置いた。

「どうぞ、ご遠慮なく。めぐみ食堂のファンが増えるのは、私達も嬉しいんですよ」

「恐縮です」

播戸は身をすくめたが、好奇心には勝てず、箸を伸ばした。

「……何というか、初夏の味ですね」

「フレシネにピッタリ」

佐那子はグラスを取り、新見と再び乾杯した。

「私、大学のことはまるで知らないんですが、学部の違う先生同士がお知り合いって、普通なんですか？」

恵は新見と播戸を等分に見て尋ねた。

「それは多分、人によりけりだと思うけど、僕と播戸先生の場合は、互いの教え子が結婚してね」

「まあ、そうなんですか」

「前の大学で教えた学生が、播戸先生のゼミの学生と去年の暮れに挙式して、披露宴のテーブルが同じだった……」

「新見先生が今は浄治で教えていらっしゃると聞いて、話が弾《はず》みましてね」

播戸は一度言葉を切って、壁のホワイトボードを見上げた。

「ええと、鰹のカルパッチョとアジフライ下さい。その後はおでんにします」

「はい。ありがとうございます」

恵は佐那子と新見の前になめろうの皿を置いた。味付けは味噌と醬油少々、薬味にネギと生姜。豊洲《とよす》の店の人に勧められて、隠し味にニンニクを少し入れてみた。

鯵は、店の人に三枚下ろしとフライ用の開きを作ってもらった。魚の下処理は、素人《しろうと》が無理して不慣れなことをするよりプロに任せた方が良いと、ずいぶん以前にきっぱり頭を切り換えた。それで美味しい魚のメニューが増えるなら、めぐみ食堂にとってもありがたい。

「なめろう、美味しい。日本酒が欲しくなっちゃったわ」

ひと箸つまんで佐那子は新見を見た。

「そうだね。一合もらおうか。恵さん、何がいい？」

「今日は鶴齢《かくれい》の特別純米がお勧めです。飲み口はソフトですが、最後に酸ですっと切れ上がるので、青魚によく合います。鰹のカルパッチョやアジフライにもピッタリなお酒ですよ」

最後は播戸に向かって微笑むと、嬉しそうに笑い返してきた。

「女将さん、なかなか商売上手だね。じゃ、僕も一合もらいます」

恵は鶴齢のデカンタとグラスを用意してから、鰹のカルパッチョに取りかかった。鰹のタタキはカルパッチョにしても美味しい。玉ネギのみじん切りを散らし、オリーブオイルと塩・胡椒《こしょう》、レモン汁を振りかけると、醬油味とはひと味違う趣《おもむき》を楽しめる。

「そうそう、先生、婚活の方は進んでますか？」

鶴齢のグラスを干した新見が軽い口調で尋ねると、播戸の顔が強張《こわば》った。

「……僕は、もう婚活はやめました」

その重苦しい雰囲気に気圧《けお》され、それ以上の質問は憚《はばか》られた。

「それは……存じませんで、失礼しました」

「いえ、いいんです。親に『そろそろ身を固めたらどうか』と言われてその気になっただけで、僕自身はそれほど真剣ではありませんでしたから」

播戸は重い空気を振り払うように肩を揺すった。

しかし恵は、播戸の内面からにじみ出る感情を感じ取った。

哀《かな》しさと悔《くや》しさ……屈辱感《くつじょくかん》。

ああ、この人は婚活ですごくイヤな思いをしたんだわ。

自然と同情が湧《わ》いてきた。店に来る常連のお客さんたちは、信頼できる相手と巡り会い、幸せな結婚生活を送っている人が多い。佐那子と新見のように。恵には微力ながら、その人たちの背中を押したという自負がある。

だから播戸のような人を見ると、何とかしてあげたいという気持ちになってしまう。

社会的地位もあり、収入も高いはずで、人柄だって悪くなさそうだ。それなのに結婚相手に巡り会えないのは、つまりご縁がないのは、探す方向が違っているからだと思う。そこさえ修正できれば、いつかきっと、出会えるのに……。

目まぐるしく頭の中で考えを巡らせ、ハッと我に返った。

「次はアジフライ、揚がります」

無理に笑顔を作り、恵はアジフライの支度《したく》にかかった。


その日は午後七時頃から常連さんが次々に店を訪れ、十時半までにほとんどの席が二回転した。祝日前でもないごく普通の火曜の夜としては、満足のいく入りだった。

最後のお客さんが勘定《かんじょう》を済ませて席を立ち、頃合いなので早仕舞《はやじま》いにしようと恵がカウンターを出たそのとき、入り口の引き戸が開いた。

「もう看板?」

　IT実業家の藤原海斗《ふじわらかいと》だった。

「いいえ、どうぞ。今から貸し切りにします」

　自然と笑みがこぼれた。品行方正で気前が良く、おまけに超の付くイケメンなので、常連さんの中でも最上級のお客さんだ。依怙《えこ》贔屓をするわけではないが、海斗を前にするとほんの少し胸が高鳴り、普段より愛想が良くなる。

　残念なことに海斗は人間の女性にまるで興味がなく、「マヤ」というAIロボットを恋人にしているのだが、もとより恋愛対象外の恵には、マヤが人間だろうがAIだろうが同じことだった。

　恵は店の外に出て、立て看板の電源を切り、「営業中」の札を裏返して「準備中」にし、暖簾《のれん》を仕舞った。

「これで大丈夫。どうぞ、ごゆっくり」

「すぐ失礼するよ。商談がらみの会食で、美味しくなくてね。ちょっと口直しがしたかったんだ」

　海斗は申し訳なさそうな顔をしたが、カウンターに戻った恵がおしぼりを手渡すと、首を伸ばしておでん鍋を覗き込んだ。

「トー飯《めし》だけにしようと思ったけど、やっぱり美味そうだな。大根とコンニャク、それと牛スジと葱鮪《ねぎま》は残ってる？」

「すみません。牛スジと葱鮪は売り切れで」

「じゃ、タンパク質系を適当に見繕《みつくろ》って、二品くらい」

トー飯は海斗のリクエストで始めたメニューで、茶飯におでんの豆腐を載せ、熱いお茶をかけて海苔《のり》を散らし、山葵《わさび》を添えたお茶漬けの一種だ。

恵は大皿に残った料理を盛り合わせてカウンターに置いた。

「お飲み物は？」

「そうだなあ。今日は澤屋《さわや》まつもとの純米にしようか。まずは一合、冷やで」

海斗は飲み物のメニューをざっと見て答えた。澤屋まつもとは京都の酒らしく、はんなりと上品な味わいで、昆布出汁の利いた煮物と相性抜群だ。当然、おでんにも良く合う。

「恵さんも一杯、どう？」

「ありがとうございます。遠慮なく」

澤屋まつもとのデカンタとグラスを用意してから、自分用のグラスにも酒を注いだ。

乾杯してグラスを傾けると、優しい味と香りの液体が喉《のど》を滑《すべ》り落ち、甘やかな余《よ》韻《いん》を残して消えていった。

「そうそう、AI婚活事業の方は、その後如何《いかが》ですか？」

水彩画のような酒の味に、何故《なぜ》か婚活が思い浮かんだ。

「順調だよ。特に流行病《はやりやまい》の影響で、婚活パーティーが軒並み中止に追い込まれたから、オンライン婚活の人気が高まった」

海斗はいくつかの事業を経営しているが、一番最近立ち上げたのが、AI診断を活用した結婚相談所だった。昔ながらの結婚相談所や、婚活パーティーに比べて、成婚率は三割ほど高いらしい。

当初から対面形式と同時にオンラインによるお見合いを活用していたが、流行病で人と人が直接会うのが難しくなってからは、オンライン婚活が大いに人気を博しているという。

「月に四、五回開催されていた各社の婚活パーティーは、二〇二〇年の四月に入ってすべて中止になった。利用していた人は出会いの場がなくなったことで、不安だったと思う。ある会社は以前からＺｏｏｍを使ってオンラインの婚活パーティーをやっていたんだが、一月は十数人だった参加者が、四月には一気に四百人に増えたそうだ」

「まあ、そうなんですか」

恵は社会の様々な場所に流行病が影を落としていることに、改めて暗澹《あんたん》たる思いだった。飲食店や観光業者はハッキリと目に見える損害を被《こうむ》ったが、生花店・おしぼり業者・タクシー運転手など、損害の見えにくい業種も沢山あった。

「それでなくても結婚するカップルが年々減っているっていうのに、どこまで祟《たた》るんでしょうね」

「ところが皮肉なことに、婚姻数は減っているのに、婚活パーティー、結婚相談所、マッチングアプリと、婚活ビジネスは拡大している。つまり流行病が追い風になって、うちのビジネスは拡大したわけだ。この悪徳業者、今日は高い勘定をふんだくってやれって、思ってる？」

海斗はいたずらっぽくニヤリと笑ってみせた。恵もつられて微笑んだ。

「思いませんよ。婚活ビジネスがなかったら、結婚するカップルはますます減っちゃいます。日本人の七割はお膳立《ぜんだ》てしてもらわないと結婚できないって、前にテレビ出演したときに一緒だった偉い先生が言ってました。藤原さんの事業も人助けです」

「それはどうも」

海斗は真面目《まじめ》くさった顔で頭を下げた。しかし、その目はどこか嬉しそうだった。

「お世辞じゃありませんよ。その先生は、お見合い結婚と恋愛結婚の割合が逆転したのが一九六五年で、それを境に結婚できない人がどんどん増えていったとも言ってました」

一九六五年に二十五歳だった人が五十歳になったのが一九九〇年。男女の未婚率が急激に増加した年だった。それ以降、五十歳時の未婚率は急激に増えてゆく。つまり、結婚できない男女が増えた原因は、見合い結婚の減少の影響が大きいのだ。

言い換えれば、日本人は恋愛結婚に向いていない……。

「一九八〇年……ほんの四十年前まで、男女共に九割以上が、生涯に一度は結婚していたんです。それを思うと、男性の四人に一人、女性の七人に一人が未婚のまま一生を終わる時代が来るなんて、昔の人は夢にも思わなかったでしょうね」

恵は思わず溜息を吐き、グラスに残った酒を呑み干した。

「藤原さんは結婚願望がまるでないから、どうでもいいとお考えかも知れないけど」

「そんなことはない。いくら婚活ビジネスが隆盛でも、婚姻数そのものが減少してゆけば、成功したビジネスモデルとは言えないからね」

海斗はほんの少し眉をひそめた。

「それで、うちの相談所には今年から人間の仲人《なこうど》を置くことにしたんだ」

「仲人？」

「業務内容は婚活アドバイザーだけど、業界では仲人と言うところが多い。親しみやすいからかな」

「まあ、仲人さんの役割って、要するに婚活アドバイザーですもんね。でも、ＡＩ婚活に、人間の出る幕があるんですか？」

「大ありだよ。誰かに背中を押してもらわないと先に進めない人間がいかに多いか、この業界に首を突っ込んで初めて分かった」

海斗は「やれやれ」とでも言いたげに首を回した。

「オンライン婚活の場合、仲人とも定期的にビデオ面談を受けられるようにしているんだ。愚痴《ぐち》を漏《も》らしたりアドバイスを受けたり進展状況を報告したり……仲人とコミュニケーションを図《はか》りながら、相手との距離を縮めていけるように」

「仲人さんともリモートですか？」

「利用者にはその方が便利だからね。仲人としては対面の方が会話のリズムを摑《つか》みやすいし、相手の情報量も多くなるが、リモートの場合、相手が自宅でリラックスした状態で話せるので、打ち解けやすいというメリットもある。それに、リモートならどこに住んでいても仕事が出来るしね」

　恵は直接会ったことのない人に、画面越しに人生の一大事を相談する場面を想像した。自分には出来そうもなかった。

「仲人さんは、対面形式の結婚相談所でアドバイザーをやっていた方が多いんですか?」

「そういう人はもちろんだが、観光業と飲食業からの転職組も多い。流行病で失職して、接客できる業種を探してたんだな。去年は十人の募集に対して五百人も応募があって、びっくりしたよ」

「まあ」

　とても他人事《ひとごと》とは思えなかった。恵は幸い流行病の期間を乗り越えられているが、もし店がつぶれていたら、そうやって別の職種に働き口を求めたかも知れない。

「顧客にじっくり対応できる仕事がしたい、人の幸せに関《かか》わりたいという応募理由がほとんどだった。みんな接客の仕事、人と関わる仕事がしたいんだと思って、ちょっと胸が熱くなったね。僕は人情の機微《きび》に立ち入るのは鬱陶《うっとう》しいと思うけど、それが大好きな人たちもいるんだな」

海斗は珍しく感慨深げな目になった。

「あのう、これからの婚活はオンラインが中心になるんでしょうか？」

「……そうだなあ」

腕組みをしてわずかに首を傾けた。

「流行病でオンラインの人気が高まったのは確かだけど、婚活パーティーや対面式にもメリットがあるから、世の中が正常に戻ったら、また復活するかも知れない」

「藤原さんはどっちがお勧めですか？」

「恵さん、婚活するんですか？」

海斗はからかうように眉を吊《つ》り上げた。

「しませんよ。私じゃなくて、ちょっと気になる方がいるんです」

恵は播戸のことを思い出していた。

おそらくは婚活によって心に深い傷を負ってしまった播戸に、もう一度、前向きに婚活と向き合ってもらうことは出来ないのだろうか。結婚して幸せになる可能性があるのなら、その可能性を諦《あきら》めて欲しくない。播戸は四十四、五歳のはずだ。今ならまだチャンスがある。そして、今が最後のチャンスかも知れない……。

「ざっくり言うと、ルックスが良くて魅力のある人は、対面形式が断然有利です。その人の美点がダイレクトに伝わるから、相手は恋愛気分に陥《おちい》りやすい。具体的に言えば、以前うちの結婚相談所に入会していた唐津《からつ》旭《あさひ》さんや、田代《たしろ》杏奈《あんな》さんのような男女はね」

唐津は東陽《とうよう》テレビの看板番組『ニュース2・0』のチーフプロデューサーで、三十代半ばのイケメンだった。バツイチだが、唐津ほど好条件の逸材《いつざい》になると、離婚歴は勲章《くんしょう》のようなものだ。結婚相談所に入会したのも、真剣に結婚したかったからではなく、AI婚活の取材が目的だったらしい。

旧姓田代杏奈はグラビアモデル並みの美女で、年齢も二十代半ばと若い。恵に勧められて海斗の経営するAI結婚相談所に入会したが、AIの紹介した価値観の一致する相手である唐津ではなく、まるで価値観の合わない編集者・織部《おりべ》豊《ゆたか》と今年の一月に結婚した。「価値観は合わないけど気が合った」のである。

「彼らのような人は、婚活パーティーに参加すれば、交際を申し込む異性の行列が出来るタイプだから」

「なるほど。確かに」

そういう海斗自身、同じタイプに属している。

「一方、容姿や経済力にさほど自信のない人は、オンライン形式の方がお勧めかも知れない」

「それは、どうして?」

「対面形式よりコミュニケーションが重視されるから、相手との間にワンクッション置ける。会話を続けるうちに、互いの精神的な魅力が伝わる……こともある」

恵はついクスリと笑った。

「ずるい言い方ですね」

「仕方ないさ。こればっかりは分からない」

海斗はさらりと言って、いささか忸怩《じくじ》たる口調になった。

「考えてみれば、〝精神的な魅力〟という言葉も曖昧《あいまい》だな。面白みなのか、誠実さなのか、知性なのか……。全部揃《そろ》っている者もいれば、欠けている者もいる。公平とか平等というのはフィクションの中にしか存在しないらしい」

恵は播戸のことを考えた。一流私大の教授になるくらいだから知性は申し分ない。一時期、真剣に婚活したのは誠実さの表れだろう。面白いかどうかは付き合う相手によって違ってくる。

海斗は不思議そうに恵の顔を見た。

「いったい、誰のことをそんなに気にしてるの？」

「いつか、お話ししますね。その方がご縁に恵まれたら」

「やっぱり恵さんは仲人体質だな。うちの仲人さんとおんなじだ」

海斗は呆れたような顔をしたが、その裏からにじむのは軽蔑《けいべつ》ではなく、尊敬の念だった。


「明日、開店前に一時間、店を貸してくれない？　取材で使いたいんだ。席だけ借りられればいいから」

六時の開店直前に電話をかけてきたのは、邦南《ほうなん》テレビのプロデューサー江差清隆《えさしきよたか》だった。『ニュースダイナー』という看板番組を担当している。

江差は、番組出演をきっかけに恵にレギュラーコメンテーターになってくれるように頼んだが、恵は断った。それでも江差は恵とめぐみ食堂が気に入ったようで、今ではすっかり常連さんだ。

「何もおかまい出来ませんけど、よろしいですか？」

「全然ＯＫ、恵さんは仕込みをやってて下さい」

「分かりました。お客さまは何名さまですか？」

「二人。俺《おれ》と取材対象者」

「お待ちしています」

そんな遣《や》り取りがあった翌日、恵は、江差の訪れを待った。

「こんにちは」

五時ピッタリに江差が入ってきた。後ろに女性が続いている。

「いらっしゃいませ。どうぞ、お掛け下さい」

予《あらかじ》めカウンターの正面に箸を二つ並べておいた。江差は椅子《いす》に腰を下ろすと、恵に女性を紹介した。

「こちら、沢口秀《さわぐちしゅう》さん。岡村《おかむら》学園の職員さん。ご近所だよね」

岡村学園は公認会計士と税理士を目指す人たちが通う専門学校で、校舎は四ツ谷駅に近い。岡村メソッドと呼ばれる教育プログラムを確立し、毎年多数の試験合格者を出している有名な学校だった。

「ようこそいらっしゃいませ。女将の玉坂恵です」

「沢口です。初めまして」

恵がお辞儀《じぎ》すると、秀も小さく頭を下げた。緊張しているのか、表情が硬い。年齢は三十代前半くらいだろう。

派手さはないが整った顔立ちで、十分美人の部類に入る。表情からは知性的で意志の強そうな性格が窺《うかが》われた。ストレートの黒髪を後ろで束《たば》ね、木綿《もめん》のシャツとチノパンという至って飾り気のない服装だが、秀の硬質な雰囲気には良く似合っていた。

恵は一瞬、結婚前の左近由利《さこんゆり》を連想した。美人で遣り手のキャリアウーマンだったが、結婚して子供が生まれ、仕事以外の生《い》き甲斐《がい》が増えると、鋭かった印象が穏《おだ》やかで優しくなった。

「お飲み物は如何しましょう？」

「恵さん、ありがとう。俺は生ビールの小。沢口さんは？」

「ええと……」

秀は飲み物のメニューに目を落とした。

「角ハイボールで」

江差には何もかまわなくてよいと言われたが、せっかくなので仕込みはすべて終わらせてある。江差はよく新しいお客さんを連れてきてくれるので、特別サービスだ。

恵は飲み物の準備をしながら、出来上がったばかりの大皿料理の説明をした。本日のメニューは、季節野菜のピクルス、シラスと青梗菜《ちんげんさい》の中華炒め、新ジャガの揚げ煮、新ゴボウの叩《たた》き、グリーンピースとチョリソーのキッシュだった。

「お通し代わりで注文していただくと二品で三百円、五品で五百円になります」

「俺はこれ」

江差が指を五本立てると、秀も「私も同じで」と続いた。

「しんみち通りは来たりしますか？」

「たまに。でも、このお店は初めてです」

秀は店内をぐるりと見回した。

「前を通ったことはあるけど、なんて言うか、こういうお店は一人だと入りにくくて、どうしてもチェーン店とかになってしまうんです」

「うちは女性一人のお客さまでも安心ですよ。女性向けのメニューも多いし、変なお客さまはいませんから」

恵は江差と秀の前に生ビールとハイボールを出した。二人は軽く乾杯してグラスを傾けると、お通しに箸を伸ばした。

「あら、美味しい」

キッシュを口に入れた秀が小さく呟いた。

「ここ、結構女性のお客さんが多いんだよ。女性の多い店って、大体外れないね。美味くてリーズナブル。女の人は味に敏感で、値段にシビアだから」

江差が言うと、秀が初めて微笑んだ。少し緊張がほぐれてきたらしい。

「おでんがメインの店だけど、季節料理も何種類か用意してあって、これがまた美味いんだ」

江差が壁のホワイトボードを指さした。そこに書かれた本日のお勧め料理は、鰹（ユッケ、カルパッチョ）、鰺（刺身、タタキ、なめろう）、シラスおろし、タラの芽の天ぷら、アジフライ。

「鰹って、ユッケやカルパッチョで食べられるんですか？　私、タタキしか食べたことないわ」

「鮪《まぐろ》でも出来ますけど、今は鰹が旬だから」

五月の鰹は、戻り鰹に比べると脂《あぶら》ののりが少ないので、ユッケやカルパッチョのように、油を使う料理に向いている。

「俺、この店でユッケはまだ食べてないな。恵さん、ユッケとシラスおろしとタラの芽の天ぷら」

江差は注文を告げてから秀を振り向き、「他に何かリクエストない？」と尋ねた。

「いえ、結構です。おでんも美味しそうだから、色々食べたいし」

恵が料理に取りかかると、江差は秀の取材を始めた。

「最新の成果、よかったら教えてくれる?」

秀は頷いて、リュック型のバッグからスマートフォンを取り出すと、江差に画面を見せた。

「この二人」

まず若い女、次に若い男の写真が現れた。

「この人たちが誰か、本人が見つかるまでは消さずに残しているの」

「どっちもなかなかの美女とイケメンだね」

「当たり前。獲物を釣り上げるエサだもの、美味しそうじゃないと。多分、あまり売れてないモデルかタレントだと思う」

「詐欺師《さぎし》の身元は特定できた?」

「それはまだ。でも、写真が偽物《にせもの》だって分かれば、詐欺師の洗脳やマインドコントロールに引っ掛からなくなる。だから重要なの」

恵は二人の前にシラスおろしの器を出し、柚子《ゆず》ポン酢の小瓶を横に置いた。

「お醤油でもポン酢でも、お好きな方で召し上がって下さい」

大根おろしに釜揚《かまあ》げシラスを載せ、小ネギの小口切りを散らし、おろし生姜をトッピングする。豊洲で仕入れた釜揚げシラスの旨《うま》さを活かすには、あまり手をかけない方が良い。

江差も秀も取材を忘れて、無言で箸を動かしている。

「これは日本酒が欲しいな。今日、何がお勧め？」

「磯自慢《いそじまん》の純米吟醸《ぎんじょう》は如何ですか？　シラスにはもちろん、鰹にも良く合いますよ」

「じゃ、二合でグラス二つ」

恵が冷蔵庫から磯自慢の瓶を取り出すと、再び会話が始まった。

「特定の依頼は多いの？」

「年間で三百件以上は来ます」

「すごいね。全部、沢口さん一人で対処してるの？」

「ええ。でも、今は連絡を取り合う仲間がいるわ。やっぱり過去に被害に遭《あ》ったりした人たち五人で、チームを結成したの」

「その方たちは、どういう立場の人？　差し支《つか》えなかったら」

「色々。主婦、学生、薬剤師、スポーツジムのインストラクター。それと、今年から海外にも協力者が現れたの。中国、韓国、タイ、シンガポール。全部で二十人くらいいるかしら」

「すごいもんだね」

「ええ。どんどん特定班の輪が広がって、ロマンス詐欺被害に遭う人が少なくなると嬉しいわ。私達、そのためにこれからも活動を続けるつもり」

恵は二人の遣り取りを聞きながら、この女性はいったいどういう活動をしているのかと、好奇心をそそられた。話の内容はまるで刑事か探偵のようだ。しかし、秀の職業は岡村学園の職員という話だった。

「お待ちどうさまでした。鰹のユッケです」

恵がユッケの皿を出すと、二人の会話が止まった。

「卵黄を混ぜてから、取り分けてお召し上がり下さい」

皿には取り分け用の箸を添えた。

醬油・砂糖・ゴマ油・コチュジャン・ニンニクと生姜の擂《す》りおろしを混ぜたタレで刺身用の鰹を和え、器に盛ったら青ネギの小口切りと刻み海苔を散らし、卵黄をトッピングする。

このまま食べれば酒の肴《さかな》だが、熱いご飯に載せて丼《どんぶり》にしても良し、更《さら》に出汁をかけて出汁茶漬けにしても美味い。

「本当に美味しい。ご飯が欲しくなるわ」

しかし磯自慢を口に含むと、秀は目を細めて溜息を吐いた。

「……すごく合う」

「やっぱり生魚には日本酒だな」

江差はグラスを置くと、チラリと秀を見遣ってから恵を見上げた。

「恵さん、この沢口さん、どういう人だと思う？」

「さあ……。岡村学園にお勤めだと伺いましたが、漏れ聞こえてきたお話だと、探偵のようなこともやっていらっしゃるみたいな」

「当たらずといえども遠からず。沢口さんはSNSを使ったロマンス詐欺被害を防ぐ活動をしているんだ。具体的にはネットに投稿された画像などの情報を基に、人物を特定する。SNSの世界では、そういう活動をする人たちを『特定班』と呼んでいるんだけど」

ロマンス詐欺と言われて、恵は大友まいが遭遇した事件を思い出した。

「私の知り合いにも、国際ロマンス詐欺に遭いそうになった人がいるんですよ。多国籍軍に参加している英国軍人だと名乗る男がSNSで近づいてきて……」

恵の助言で実害が出ずに済んだが、欺《だま》されたまいの心は傷ついた。

「一度も会ったことのない相手にお金を貢《みつ》ぐ人がいるなんて信じられなかったけど、実際にいるんですね。驚いたわ」

「つまりそれくらい、ネットを通して交流するってやり方が社会に浸透してるわけさ。特に若い世代では、ネットの友達とリアルの友達が同等の存在になっている」

江差はさもありなんという顔で説明を続けた。

「前は〝国際〟が付いたくらいで、欧米のエリートを騙《かた》って中高年女性を狙《ねら》う事件が多かったけど、さすがにネタがばれてきて、最近は国内にシフトしてきた。被害者も二十代、三十代が増えている」

ロマンス詐欺の実行犯たちは、あまり有名でないモデルや俳優の顔写真を無断転載して偽アカウント（偽アカ）を作成し、ＳＮＳやアプリを通じてターゲットを釣《つ》り上げ、言葉巧みに近づいていく。そして相手がすっかり信用して心を許すと、「今後の二人の人生のために投資しよう」などと言って、現金を引き出そうとする。

「偽アカに使われた写真は本当は誰なのか、写真を悪用して偽アカを作成したのは何者なのか、特定班の人たちは被害者の依頼を受けて、それを突き止める活動をしているんだ。しかもボランティアだよ」

「まあ」

恵は尊敬の眼差《まなざ》しで秀を見直した。

「すごいですね。あの、何か特別な訓練でも受けられたんですか？」

「いいえ。ツールはスマホ一台です」

恵はもう一度、「まあ」と感嘆の声を上げた。

「これは技術や能力より、やる気の問題だと思うわ。基本はいくつかの検索アプリを活用した、ネット検索の繰り返しだから」

秀は面映《おもは》ゆそうに微笑んだ。

「よく似た顔写真を掲載したホームページやアカウントを見つけると、じっくり閲覧して、同じカットの写真がないか探すわけ。ＳＮＳも調べるわ。アカウント名を何文字か入れ替えて検索したりして、類似のアカウントがないかどうか」

「今のところ、的中率はどのくらい？」

江差の質問に、秀は胸を張って答えた。

「八割ね」

「すごいもんだ」

秀は大きく首を振った。

「もっと精度を上げたいと思ってるの。被害者のために」

江差は恵のために説明を補足した。

「沢口さんのように、公開された情報を分析して事実を突き止めることを、open source intelligence……略して『オシント』と言うんだ。彼女の場合は謂《い》わば市民版オシントだね。今では犯罪被害防止だけでなく、防災、企業の採用活動、政府の情報活動にも、オシントが採用されている」

「オシント」という言葉から、恵はかつての人気ドラマ『おしん』を連想してしまった。

「国の情報活動、つまりインテリジェンスの分野でも、今や八割をオシントが占めてるんだ。００７《ダブルオーセブン》に頼らなくても、公開情報を分析することで機密に迫れる。マスメディアによる報道やインターネット情報を分析すれば、いつ誰と会っていたかも分かる」

「聞けば聞くほどすごいお話ですね。それに、沢口さんのような若い女性が、その一端を担っているのも驚きです」

恵はタラの芽の天ぷらの皿を二人の前に置いた。塩を添えてあるが天つゆも出す。

「お好きな方でお召し上がり下さい」

江差も秀も、まずは塩を少し振って口に入れた。仄《ほの》かな苦《にが》みが本来の甘さを引き立てる、山菜の王者だ。

「美味しいわ。子供の頃は山菜って苦手だったけど、今は大好き」

「大人になった証拠だね。俺も子供の頃は蕗《ふき》味噌が食べられなかった」

江差は、デカンタに残った酒を秀と自分のグラスに注ぎ分けた。

「恵さん、次のお酒、何が良い？」

「おでんを召し上がるなら、澤屋まつもとは如何です？　京都のお酒ですから、昆布出汁の利いた煮物と相性抜群です。もちろん、おでんにもピッタリ」

「じゃ、澤屋まつもと二合」

江差は、秀を見て言った。

「このママさんが、前は有名な占い師だったってことは話したよね？」

「ええ」

江差は箸を置くと、恵と秀を見比べた。

「俺が二人を引き合わせたいと思ったのは、反対の方向から同じゴールを目指しているると思うからなんだ。恵さんは男女のご縁を結ぶ手助けをしている。沢口さんは男女の悪縁を断つ手助けをしている。つまりどちらも、人を幸せにする手伝いをしているわけだ」

恵と秀は思わず顔を見合わせた。

どちらも互いを縁のない世界の住人だと思っていたのだが、江差にそう言われると、何となく親近感が湧いた。

「人を幸せにする手伝いって、そんな風に言って下さると、すごく嬉しいわ。自分の役割はロマンス詐欺の防止、不幸になるのを防ぐことだと思っていたから、あんまりプラス思考じゃなくて」

「不幸を避けるのが、幸せになる第一歩じゃないかしら」

恵は新しいデカンタとグラスをカウンターに置いた。

「沢口さんのお陰で難を逃《のが》れて幸せを摑んだ人は、きっと沢山いますよ」

「……だといいけど」

恵は秀のグラスに酒を注いでいる江差に尋ねた。

「おでんは何になさいますか?」

「そうだなあ。ここの名物の牛スジと葱鮪、つみれは外せないとして、他に何かお勧めはある?」

「季節のお野菜で筍と蕗、新ジャガを煮ました」

「じゃ、まずはそっちからもらうかな。あと、大根とコンニャクも。沢口さんは何にする？」

「私も、同じもので」

秀は首を伸ばしておでん鍋を覗き込んだ。店に入ってきたときと比べると、すっかりリラックスしているのが分かる。

「でも、沢口さんはどうして、ボランティアでおしん……トの活動を始めたんですか？」

恵は皿におでんを盛り付けながら尋ねた。

「私もロマンス詐欺の被害に遭ったんです」

秀はためらいなく答えた。

江差は予め聞かされていたのか、少しも驚いた様子を見せないが、恵はびっくりした。知的で意志の強そうな目の前の女性が、ロマンス詐欺に引っかかるとは。

「もう二年前になります。流行病で緊急事態宣言が出されて、会社もリモートワークに切り替わった頃、アメリカに住んでいるタイ人の医師から日本語でメッセージが届きました。私のＳＮＳを見て気に入ったって。その人、十五歳まで日本で育ったので日本語が堪能《たんのう》で、日本に郷愁を感じてるって内容でした」

秀はその男とのメールの遣り取りに夢中になった。緊急事態宣言で友人たちと直接会えない寂しさも手伝ったのかも知れない。気がつけば、朝から晩までメッセージ交換していた。

「一ヶ月くらい経《た》った頃、プレゼントを贈りたいってメールが来ました。ただ、国際郵便で送るには手数料がかかるので、千ドル振り込んで欲しいって」

さすがにこれは怪しいと思った。インターネット上の友人に相談すると、「顔写真をネット検索して」とアドバイスされた。検索アプリで画像を検索すると、写真の人物はタイで活躍するタイ人ユーチューバーだった。

「検索を始めてたった十分。身体《からだ》中の力が抜けて、気持ちが冷めました。夢から覚めたような気分だった」

恵は秀に心から同情を感じた。たとえ実害はなくても、欺された、心を弄《もてあそ》ばれたという事実は、女心のプライドを踏みにじる。立ち直るまでに要する時間は人それぞれだが、中には深い人間不信に陥ってしまう人もいるだろう。

「それで、特定班の活動を始めたんだね」

江差がそれまでより優しい口調で尋ねた。

「ええ。同じような被害に遭わないで欲しい、その一心で」

　ＳＮＳで詐欺師の手口を紹介すると、次々に相談が寄せられてきた。

「写真を送ってきて、この人を探せないかって頼まれたり。それで連絡を取り合う仲間が増えて、さっきお話しした五人でチームを結成したんです」

「特定に成功したら、次はどうするの？」

「ＳＮＳで偽アカウントを公表します。それと、本人のアカウントも紹介して、注意喚起《かんき》してる。今年の初め、メンバーの一人が写真を悪用された人の許可を得て、台湾人モデルのファンサイトを立ち上げたの。彼が有名になれば顔写真を悪用されることもなくなるからって。そしたら……」

　秀は楽しそうに微笑んだ。

「すごい反響があって、『私もこの写真の人に欺されました』ってメッセージが十通以上来たのよ。やってみるもんね」

　秀は筍を口に入れて目を細めた。

「ああ、旬の筍って、良い香り」

　江差がさりげなく恵を見た。問いかけるような眼差しだった。

　恵も江差を見返して、秀に視線を移した。

今の秀は過去の苦い経験からすっかり立ち直っているように見える。しかし、どこか危なっかしい。ちょっと前のめりになっているような感じがする。躓《つまず》いたりしないだろうか？

「江差さん、沢口さんたちの活動は番組で取り上げるの？」

「うん。彼女も承知してくれたからね。日にちが決まったら教えるよ」

「テレビで放送されれば、ロマンス詐欺の実態がもっと周知されるわね。被害防止に繋《つな》がるし」

秀はグラスを傾けて、残っていた酒を呑み干した。

「ああ、美味しい。江差さん、ここ、本当に良い店ですね。女性のお客さんが多いの、分かるわ」

「どうぞまた、いらして下さい」

恵は心からそう言った。新しいお客さんが欲しいのは本音《ほんね》だが、それ以上に、市民版「オシント」活動に没頭するこの女性に興味をそそられていた。

二皿目

枝豆の戸籍

「こんにちは」

暦が六月に変わった最初の月曜日、開けたばかりのめぐみ食堂に一番乗りしたのは織部杏奈《おりべあんな》だった。同年代の女性が一人、後ろから付いてきた。

「職場の同僚の村上《むらかみ》……じゃない、日村一花《ひむらいちか》さん」

杏奈は四谷《よつや》にある総合病院の事務職員で、結婚後も勤務を続けている。夫の織部豊《ゆたか》とはめぐみ食堂で知り合い、紆余曲折《うよきょくせつ》を経て結婚に至った。今も週に一度は夫婦で店を訪れてくれる。

杏奈は一花を見て言った。

「彼女、一昨日《おととい》に入籍したの。秋に挙式」

「まあ、それはおめでとうございます。ジューンブライドですね」

恵《めぐみ》はおしぼりを渡して小さく一礼した。

「ありがとうございます」

一花は微笑《ほほえ》んで会釈《えしゃく》を返したが、心なしかその顔は、新婚の晴れやかさの中に、ほんの少し翳《かげ》りが見られた。

「お飲み物は何になさいます？」

杏奈は一花を振り向いた。

「ここ、ビールやサワーもあるけど、スパークリングワインを置いてあるのよ。それにしない？」

「悪いけど、私、ウーロン茶で」

「あら、珍しい」

杏奈は怪訝《けげん》そうに眉《まゆ》をひそめたが、深くは問わずに注文を決めた。

「カウンターの上の料理は、お通し代わりです。二品で三百円、五品全部載せで五百円になります」

「私、全部載せ」

杏奈が即答すると、一花も続いた。

今日の大皿料理は、変わり枝豆、タラコと白滝《しらたき》の炒《い》り煮、アサリとピーマンのカレーキンピラ、イカとズッキーニのゴマナムル、卵焼きの五品。

「美味《おい》しい！　この白滝、スーパーで売ってるのと食感が全然違う」

炒り煮をひと箸《はし》食べた一花が目を丸くした。

「でしょ。築地《つきじ》場外《じょうがい》の花岡《はなおか》商店の白滝なんですよ」

恵は嬉しくなって言い足した。

「おでん以外の料理にはほとんど使ってなかったんですけど、この前、佃《つくだ》の定食屋さんの小鉢《こばち》で出てきて、これならうちの大皿料理にもイケると思って」

「私、白滝に謝りたい気分。今までバカにしててごめん」

一花は真面目《まじめ》くさって頭を下げた。

「枝豆って塩茹《しおゆ》で以外食べたことないけど、これ、良いわね。酒の肴《さかな》にピッタリ」

杏奈は枝豆を莢《さや》から口に押し出して、意外そうな顔をした。

「茹でた枝豆を小一時間ピリ辛味《からあじ》の汁に浸《つ》けるだけ。ちょっと目先が変わって良いかと思って」

和風出汁《だし》にニンニクと赤唐辛子《あかとうがらし》の輪切りを入れ、枝豆を浸けて冷蔵庫で冷やす。ニンニク風味とピリ辛味で、すんなり酒が進む。

「ピーマンとカレー味って合うのね。うちでも作ってみようかしら」

一花も興味深そうに皿の料理に目を落とした。

「アサリは水煮の缶詰を使ってるんです。汁ごとピーマンと炒《いた》めて、お醤油《しょうゆ》とみりんとカレー粉を混ぜたものを加えて、汁気が飛んだら出来上がりです」

「すごく簡単そうに聞こえるわ」

「作っても簡単ですよ。うちはあんまり手のかかる料理を出しませんから」

恵はにこやかに説明した。

「ゴマナムルのイカも、スーパーで買ったイカ素麺《そうめん》で作ったんです。切る手間が要《い》らないから」

イカとズッキーニのナムルは、練りゴマを入れたタレで混ぜてあるので、ゴマ油よりコクがある。ラー油を少し混ぜてピリ辛をプラスした。

「最近はイカが不漁で、すっかり値上がりしちゃって。前はイカと里芋《さといも》の煮っ転がしなんかよく出してたんだけど、もう全然」

恵はやれやれという顔で肩をすくめた。すると一花が共感を込めて大きく頷《うなず》いた。

「そうなんです。うちの母もこぼしてました。父が塩辛《しおから》が大好きなんで、前はよく新鮮なイカを買ってきて作ってたんですけど、最近はスーパーでイカを売ってないって」

「そうなんですよ。お刺身は売ってるけど、刺身用の丸ごとのイカはほとんど見かけないの。たまにあると、値段が前の三倍くらいして」

恵と一花がイカ談義で盛り上がっているのを尻目《しりめ》に、杏奈はホワイトボードに書かれた本日のお勧め料理をチェックした。

カワハギの刺身（肝《きも》醬油）、カジキマグロのガーリックチーズ焼き、アシタバの天ぷら、ツルムラサキのぬた、シシトウ焼き。

「ねえ、二人で全部イケそうじゃない？」

杏奈がホワイトボードを指さすと、一花は品書きに目を走らせて頷いた。

「そうね。全部美味しそうだわ。でも、さすがに天ぷらは無理かも」

「というわけで、四品お願いします」

「はい、かしこまりました」

恵は早速準備にかかった。ぬたは茹でたツルムラサキに酢味噌《すみそ》をかけるだけなので、最初に出した。

カジキマグロは塩・胡椒《こしょう》して擂《す》り下ろしたニンニクと粉チーズを振りかけ、アルミホイルに載せる。そのままオーブントースターに入れて十分で完成なので、時間を見計らって他の料理を出してゆく。

カワハギは豊洲《とよす》で肝付きの刺身を買ってきた。買ってきたものをそのまま出すのは内心忸怩《じくじ》たるものがあるが、やはり季節のカワハギは肝醤油でお客さんに味わって欲しい。

刺身の皿を目の前にして、杏奈は声を弾《はず》ませた。

「これはやっぱり、日本酒よね。恵さん、何が良い？」

「浜千鳥《はまちどり》の純米大吟醸《だいぎんじょう》は如何《いかが》ですか？　岩手のお酒で、爽《さわ》やかで洗練された味わいです。白身魚との相性が抜群ですが、特に胆和《きもあ》えに合わせると夢見心地だそうですよ」

「じゃ、それにする。一花さんは？」

しかし、一花は残念そうに首を振った。

「実は、お酒呑《の》めなくなっちゃって。……妊娠してるの」

「まあ！」

杏奈と恵は同時に声を上げた。

「おめでとう」

「おめでとうございます」

一花はちょっと困ったような顔になった。

「良かったじゃない。授かり婚なんて、幸先《さいさき》良いわよ」

「それがねえ……」

一花は伏し目がちに言葉を濁した。

「おめでたいじゃありませんか。今時、授かり婚を悪く言う人なんかいませんよ」

恵は力づけるように声を励ました。一花にほの見えた翳りは、結婚前に妊娠したことを悩んでいたのかと、やっと腑《ふ》に落ちた。

「そうじゃないの。妊娠したことは彼も彼のご両親も、すごく喜んでくれてるの。うちの親も」

「じゃ、何が問題なの？」

杏奈が怪訝そうな顔をした。恵も同感だった。

「今、五ヶ月なのよ。だから九月には臨月《りんげつ》に近くなるわ。お腹《なか》、目立つでしょ。それでウエディングドレス着るのが……ちょっと」

「ああ、なるほど」

杏奈も恵もやっと合点《がてん》がいった。

「お式を早くするとか、赤ちゃんが生まれてからに延期するとか、ダメなの？」

「早くするのは難しいのよ。ほら、流行病《はやりやまい》で式を延期したカップルが、やっと大丈夫になって、申し込みが殺到してるから」

「延期するのは？」

「それも無理。実はね、彼のおばあちゃんが八十八歳なのよ。今は元気だけど、来年どうなるか分からないからって」

「……それはそうですね」

恵にはよく分かる。高齢者の体調は月単位ではなく、週単位で変化する。今は亡き占いの師・尾局與《おつぼねあたえ》のお供で政財界を引退した大物老人たちの邸宅を訪問していた頃、それまで元気だった人が、一ヶ月もしない間に明日をも知れぬ状態になったことは珍しくなかった。

八十八歳の人が、必ず八十九歳を迎えられるという保証はない。

「ねえ、それじゃ、赤ちゃんが生まれてから、改めて二人で写真だけ撮れば？　ウエディングドレス着て」

「それしかないのよねえ」

一花は憂鬱《ゆううつ》そうに表情を曇らせた。

「本当は式に来て下さるお客さんたちの前で、一番きれいな花嫁姿を披露《ひろう》したかったんだけど」

恵は浜千鳥を一合デカンタに移し、グラスを添えて杏奈の前に置いた。

「一花さんには残念なことですね。でも、それも大きな幸せの一部とお考えになれば」

「そうそう。有名人の有名税みたいなもんよ」

杏奈は意味不明のたとえを口にして、グラスを傾けた。

「ああ、美味しい。胆和えと日本酒って、最高！」

一花は羨《うらや》ましそうに杏奈を見た。

「ああ、私も早くお産を済ませて、お酒呑みたい」

「私も旦那《だんな》にこの胆和えとお酒、味わわせてやりたい」

「そういえば、今日は織部さんは？」

「作家さんの接待ですって。今頃きっと高い店でディナーしてるわ。だから私も一花さんを誘ってきたんだけど、来た甲斐《かい》あった」

恵が苦笑を漏《も》らしたとき、引き戸が開いて新しいお客さんが入ってきた。

「こんばんは」

矢野亮太《やのりようた》と真帆《まほ》の夫婦だった。

「あら、こんばんは」

「お久しぶり」

杏奈とは顔見知りなので、三人は気軽に挨拶《あいさつ》を交わした。

亮太は会計事務所に勤める公認会計士、真帆は気鋭の歴史学者だった。旧姓の日《ひ》高《だか》真帆で著《あらわ》した新書は好評で、藤原海斗《ふじわらかいと》の会社が制作した日本中世史のユーチューブ配信も高い再生回数を誇っている。

「私、グラスのスパークリングワインにする。お通しは全部載せで。亮太さんは？」

「俺《おれ》も。あと小生」

二人はおしぼりで手を拭《ふ》きながら、ホワイトボードを見上げた。

「今日も美味しそうなものばっかり」

「カワハギの肝醤油はマスト。日本人に生まれて良かった味だな」

恵は亮太と真帆に飲み物とお通しを出すと、下味を付けたカジキマグロをオーブントースターに入れ、ダイヤルの目盛りを十分に合わせた。

カジキマグロが焼き上がる間に、シシトウ焼きを作る。オリーブオイルを敷いたフライパンでシシトウを炒め、塩・胡椒して出来上がり。簡単だが、仄《ほの》かに甘味のあるシシトウをシンプルに楽しむにはもってこいの料理だ。

「お待ちどうさまでした。もうじきカジキマグロも焼けますから」

恵が杏奈たちの前にシシトウの皿を置くと、亮太と真帆は吸い寄せられるように目で追った。

「あ、良い匂《にお》い」

亮太が鼻をひくつかせた。チーズの溶ける匂いがオーブントースターからカウンターに漂《ただよ》ってくる。

「ねえ、お勧め全部頼まない？　野菜料理とお魚だから、もたれないと思うわ」

「そうだね。ママさん、全部下さい。おでんはその後」

「はい、ありがとうございます」

杏奈と一花は早速シシトウをつまんだ。

「シシトウっていうのも、大人の味よね」

「うん。子供には分かんないわ」

恵から見れば二人とも子供のようなものなので、思わず苦笑を嚙《か》み殺した。

「ただ、こんなことがあると、女って損だなって思うわ。男の人は妊娠しないし」

杏奈が言うと一花が応じた。

「てゆうか、私の場合、妊娠しててもお腹が大きくなる前に結婚式を挙げられれば、問題なかったのよね」

「そもそも結婚するときから女は大変よね。私、彼と同じ名字《みようじ》になるのは嬉《うれ》しかったんだけど、手続きが面倒臭《めんどうくさ》かった。保険証も免許証も預金通帳もパスポートも社員証も、全部名義を変更しないといけなくて」

「マイナンバーカードもよ」

一花はグラスに残っていたウーロン茶を飲み干した。

「すみません。ウーロン茶、お代わり下さい」

「はい。ただいま」

杏奈も空《から》になったデカンタを振った。

「お酒、お代わり下さい。同じもので」

杏奈は浜千鳥をひと口呑んでグラスを置いた。

「正直、選択的夫婦別姓だったら良かったのにって思っちゃった」

一花は愛《いと》おしそうにお腹をなでた。

「私も。でも、赤ちゃんが出来たって分かったら、別姓は吹っ飛んだ。子供と同じ名字じゃないとイヤだし」

「分かる。私も手続きが終わったら、全部忘れた。でも、女性だけじゃなくて、もっと男性側が名字を変えるケースが増えてもいいのにな」

恵は二人の前に飲み物のお代わりを置き、続いて焼き上がったカジキマグロを出した。

二人は同時に箸を伸ばし、ひと切れ口に運んでうっとりと目を細めた。

「美味しい。カジキマグロって煮付けのイメージだけど、洋風もイケるね」

「今度、うちでもやってみる。オーブントースターで作れるのが良いわ」

　杏奈は何かを思い出したように箸を止めた。

「でも、考えてみれば私、別姓にするメリットってほとんどないのよね。名前の出るような仕事してないし」

「同じく。家を継がなくちゃいけないって縛《しば》りもないし。これまで馴染《なじ》んできた名前が変わることに寂しさは感じるけどね」

「まあ、別姓を希望する人がいるなら、それは認められるべきだと思うけど……」

　杏奈は首を伸ばして、亮太の隣に座っている真帆を見た。

「ねえ、真帆さんは旧姓で本を書いたりしてるから、やっぱり選択的夫婦別姓が良いと思う？」

　頷くと思いきや、真帆は困惑気味に首を傾《かし》げた。

「私の場合は、仕事では旧姓使用がすんなり認められたから、今のところ不自由はないの。ひと昔前の女性はすごく苦労したみたいだけど」

　そして、亮太の顔をチラリと見て微笑んだ。

「私もお二人と同じで、亮太さんと同じ名字になれるのが嬉しかったわ。ただ、別姓を望む夫婦はそれを認めてあげればいいと思っていたんだけど、一つ大きな問題があるのよ」

杏奈も一花も、続きを待って真帆の顔を見ている。

「もし夫婦別姓を認めたら、戸籍制度を維持できなくなるんじゃないかって」

杏奈と一花は訝《いぶか》しげに顔を見合わせた。夫婦別姓と戸籍制度の関係がよく理解できないのだ。

「私ね、両親を亡くしているの」

真帆は穏《おだ》やかに言葉を続けた。

「親が亡くなると相続の手続きが必要になって、戸籍謄本《とうほん》……それも出生から亡くなるまでの連続したものが必要になるのね。それと、除籍謄本も」

「戸籍って、現在の戸籍謄本だけじゃないんですか？」

杏奈が尋ねた。

「それが違うのよ。コンピューター化される前の手書きの戸籍……改製原戸籍っていうんだけど、ややこしい名前の古い戸籍があって。それを本人の出生までさかのぼってその人の全生涯を網羅《もうら》するように揃《そろ》えないといけないから、大変なのよ。おまけにそのときの戸主や筆頭者の名前を書かないといけなくて。私の場合は父方と母方の祖父の名前ね」

真帆以外は初めて聞く話で、一同は興味深く耳を傾けた。

「それと、うちの母は離婚歴があって、父は子供の頃、両親が引っ越して戸籍を移したの。だから二人分で何通もあったわ。でもそれを読めば、父と母の生涯の軌跡が全部分かるの。その上、両親の一族の歴史までたどれるし。もう、びっくりしたわ」

真帆はそこで言葉を切り、スパークリングワインで喉《のど》を湿《しめ》らせた。

「一人の国民について、これほど緻密《ちみつ》で正確で体系的に記録する制度を持っている国は、日本しかない。海外には出生届と結婚届、死亡届はあるけど、その間の情報がリンクしていないから、出生届を見てもその人が存命かどうか、結婚したかどうか分からないの。だから日本の戸籍制度は海外で非常に高く評価されているそうよ」

真帆は遠くを見る目になった。

「亡くなった両親の戸籍を読んで、私、思ったの。もしこのままひとりぼっちで死んでしまったら、誰一人私のことは覚えていない。まるで私なんて最初からこの世に存在しなかったみたいに、世界から忘れられてしまう。でも、戸籍があれば、私という人間がこの世に生を享《う》けて生きていた証拠が、公式の記録として国に残される。……そう思うと、少し救われる思いがしたわ」

杏奈も一花も胸を打たれたらしい。真帆の言葉にじっと聴き入っていた。

「だから、戸籍制度を維持する形で、なんとか別姓が可能にならないかと思っているの。旧姓使用をすべてのケースで認める……クレジットカードや預金通帳、保険証、不動産登記、運転免許、パスポートに至るまで。もう一つは、事実婚に対する保障を法律婚と同等に引き上げるとか。とにかく戸籍制度を維持したいというのが私の最大の願いなの。戸籍は一度廃棄してしまったら、二度と修復できないものだから」

真帆が口を閉じると、亮太がそっとその膝《ひざ》に手を載せた。

「その話、初めて聞いたよ」

「明るい話じゃないものね」

「いや、いい話だよ。俺は今まで、戸籍について真剣に考えたことは一度もなかった」

「私もです」

杏奈と一花も口を揃えた。

「戸籍って、生きている間はあんまり身近じゃないんです。私も両親を亡くさなかったら、戸籍の価値は分からなかったと思うわ」

真帆の話は、恵の心にも深く染《し》みこんだ。

「私は子供もいないし、多分この先も一人だと思うんです。だから死んだらすべてが無に帰すと割り切っていたんですけど、戸籍の話を伺ったら、死んだ後も生きた証《あかし》が残るのかって……ちょっと得したような気分になりました」

恵はカウンターの椅子《いす》に座るメンバーを見回した。

「お好きなおでんを一品、お店から奢《おご》ります。どうぞリクエストして下さい」

「やった！」

杏奈がはしゃいで手を叩《たた》いた。

「私、牛スジ。一花さんは？」

「私、杏奈さんご推薦《すいせん》の葱鮪《ねぎま》にする」

「俺は……トマトの冷やしおでんにする」

「私も。この店の夏の風物詩よね」

「まあ、ありがとうございます」

トマトは通年で売っているが、めぐみ食堂では夏限定で、六月から九月までしか提供しない。何とかしておでんにも季節感を出したいという工夫の一つだ。

「ゴチになります！」

杏奈の声を合図に、皆一斉《いっせい》に皿のおでんに箸を伸ばした。

やがて新しいお客さんが次々に訪れて、カウンターが満席になったところで、杏奈と一花が席を立った。

「ご馳走《ちそう》さま。美味しかった」

「ありがとうございました。一花さん、どうぞまたいらして下さいね」

「ええ。今度は彼を連れてきます。おでん、大好きだから」

二人が出て行くと、亮太も「お勘定《かんじょう》して下さい」と告げた。

会計をして釣《つ》り銭《せん》を渡しているとき、新しいお客さんが入ってきた。女性の二人連れだ。

「まあ、いらっしゃいませ」

先月、江差《えさし》が連れてきた「特定班」の活動をしている沢口秀《さわぐちしゅう》だった。言葉通りに裏を返して再来店してくれるとは、嬉しい限りだ。

「どうぞ、こちらのお席に。今、片付けますから」

恵は空《あ》いた席を指し示し、手早く食器とグラスを引き上げた。アルコールを噴霧《ふんむ》してカウンターを拭くのは、流行病この方、すべての飲食店の習慣と化している。

「また来て下さるなんて嬉しいわ。ありがとうございます」

恵はおしぼりを渡しながら笑顔になった。

「この前、良い感じだったから。それに正直言って、チェーン店の居酒屋はもう卒業したいなって」

秀は連れの女性を目で示した。

「彼女、高校の同級生なの。滝野川美玲《たきのがわみれい》さん」

美玲と呼ばれた女性は小さく会釈した。顔立ちは平凡だが、色白で眠たそうな瞼《まぶた》をしているのが妙に色っぽかった。

「久しぶりよね。同窓会以来だから、五年ぶりかしら」

「秀がテレビに出てるの観《み》て、なんだか懐かしくなっちゃって」

ロマンス詐欺《さぎ》を特集した『ニュースダイナー』は先週の金曜日に放送された。秀は特定班の活動を紹介する場面で登場したが、顔にはモザイクがかけられ、名前も「S・Sさん」だった。

「あれで、よく分かったわね」

「だって声はそのままだし、身体《からだ》つきも何となく似てるし、S・Sさんは沢口秀かなって」

美玲が鈴を振るようなソプラノで言うと、椅子から立ち上がろうとしていた亮太が「あれ？」と振り向いた。

「沢口さんですよね、岡村《おかむら》学園の？」

秀も目を丸くして、亮太を指さした。

「矢野くん？」

「どうも、久しぶり」

秀も椅子から立ち上がり、二人は互いにお辞儀《じぎ》した。

「もう立派な公認会計士ですね。おめでとうございます」

「いや～、あの頃はお世話になりました」

亮太は嬉しそうに真帆を振り返った。

「公認会計士の資格を取るために通ってた専門学校の職員さん。俺、月謝の振り込み忘れたりテストの日取り間違えたり、事務局には結構迷惑かけたんだよね」

今度は秀を振り返って真帆を片手で示した。

「妻です。旧姓の日高真帆で歴史の本を書いたり、ユーチューブやったりしてます」

「まあ、すごい。矢野くん、出来る奥さんもらったんだ」

「ありがとう。沢口さん、今も事務局にいるんでしょ」

「ええ。こっちは相変わらずよ」

「実は沢口さんにはすごい裏の顔があるの。今度教えてあげるわね」

恵は首を伸ばして亮太に言った。

「今聞きたいけど、楽しみはまたの機会にするよ。じゃあね」

亮太は片手を振ると、真帆と店を出て行った。

「お二人がここで再会するなんて奇遇だと思ったけど、考えてみれば矢野さんの事務所も四谷だから、こういうこともありますね」

恵は二人におしぼりを差し出しながら、飲み物の注文を訊《き》いた。

「私、グラスのスパークリングワインにするわ。美玲は？」

「同じで」

恵はフレシネのボトルを冷蔵庫から取り出し、二つのフルートグラスに注いだ。

「カウンターの料理、二品で三百円、五品で五百円なんですって。私、五品に」

「私も。全部美味しそうだもん」

秀と美玲はグラスを合わせて乾杯した。

「ねえ、特定班のボランティアって、楽しい？」

「楽しいっていうか、使命感よね。ロマンス詐欺の被害者を一人でも減らしたいっていう」

「偉いよね。私、機械オンチだから全然ダメ」

「私だって詳《くわ》しくないわよ。検索アプリを使って、しつこく調べていくだけ。根気は要るけどね」

美玲は「特定班」の内容に興味があるらしく、質問を繰り返した。そして秀が答える度《たび》に「まあ、そうだったの」「すごいわ」「ちっとも知らなかった」などと、しきりに感心した。

二人を見ていると、その背後から次第に光が差してきた。

恵はハッとして目を凝《こ》らした。秀の光は色褪《いろあ》せたオレンジで、美玲の光は赤黒い……時間の経《た》った血のような色だ。

いったいそれが何を意味するのか、恵はひたすら凝視《ぎょうし》したが、すぐに光は見えなくなってしまった。

え？　どうして？

恵はあわてて目をこすったが、やはり何も見えない。

「ママさん、お勘定」

お客さんの声でやっと我に返った。

十時半を回ると、お客さんたちは次々席を立った。最後のひと組の会計をしていると、新しいお客さんが入ってきた。

「いらっしゃいませ」

やってきたのは真行寺巧《しんぎょうじたくみ》だった。現在めぐみ食堂がテナントで入っているビルのオーナーだ。「丸真《まるしん》トラスト」という会社を経営して手広く不動産賃貸業を営んでいる。

「どうぞ、お好きなお席に」

そう言って恵はカウンターから出ると、表の立て看板の電源を抜き、「営業中」の札を「準備中」に裏返して暖簾《のれん》を仕舞った。

「貸し切りにしましたから、どうぞごゆっくり」

「すぐ帰る」

ぶっきらぼうに答えたが、あまのじゃくは昔からなので恵は気にならない。瓶《びん》ビールの栓《せん》を抜いてグラスに注《つ》ぎ、ついでに自分の分も注いだ。

「幸いにもカワハギのお刺身が一人前残ってるの。肝醤油で如何ですか？」

「もらう」

恵は刺身を皿に盛り付けながら、戸籍について真帆の言ったことを話した。

「私が死んでも、私の生きた軌跡が公《おおやけ》の記録として残る……何だかすごく壮大で、ちょっと感動的だと思わない？」

「全然」

真行寺はカワハギの刺身の味にほころんだ口元を、への字にひん曲げた。

「……言うと思った。でも、どうして？」

真行寺は少しずれたサングラスを押し上げた。夜でも真っ黒な眼鏡《めがね》を掛けているのは格好《かっこう》を付けているからではない。右の瞼のケロイドを隠すためだ。子供の頃、母親に無理心中を仕掛けられて九死に一生を得たときに負った傷痕《きずあと》だった。

「そんな風に考えるのは本人が歴史学者で、古文書《こもんじょ》や記録を調べるのが習《なら》い性《しょう》になっているからだ。歴史学者にとって記録というのは、ある意味、人間以上に大事な存在かも知れない」

「……言われてみれば、そうかも」

「俺は人間の死は二度あると思っている。一度目は命が終わるとき。二度目は、その人間のことを覚えている人間がこの世にいなくなったとき。誰の記憶にも残っていないのに、記録だけ残っていたところで何になる」

「なるほどねえ」

恵は頭に浮かんでくる考えを確かめながら、ゆっくりとビールを呑んだ。

「それも一理あるけど、やっぱり寂しいわね。家族も友達もいない人だっているし」

「俺のことか」

恵はプッと吹き出した。

「ごめん、そうだった」

真行寺はフンと鼻で笑ってビールを呑み干した。

「次、日本酒にします？　おでん、召し上がるんでしょ。ピッタリのがあるの」

真行寺は頷いて指を二本立てた。

恵は澤屋《さわや》まつもとを二合デカンタに移し、グラスを二つ置いた。真行寺に注いでから自分のグラスにも注ぐ。おでんはまず大根とコンニャクと昆布《こんぶ》を出した。真行寺の大好物だ。

「今日ね、ちょっと珍しいお客さんが見えたのよ。特定班って知ってる？」

恵は秀のやっている作業をざっと説明した。

「そうやって、公開されている情報を基に真実に迫っていくやり方を、オシントって言うんですって。犯罪被害防止の他に、防災や国のインテリジェンス、企業の採用活動にも使われているんですって」

恵は澤屋まつもとをひと口呑んでから続けた。

「ロマンス詐欺の防止とかインテリジェンスは何となく分かるけど、企業の採用って、オシントをどういう風に使うのかしら？」

真行寺は箸を置いて口を開いた。

「応募者のSNSの投稿を調べるんだろう」

「それ、時間の無駄《むだ》のように思えるけど。友達が読むのにおかしなことは書かないんじゃないの」

「普通の投稿じゃなくて、裏アカウントの投稿を調べるわけさ」

「裏アカウント？」

「メインのアカウントとは別のサブアカウントだ。匿名性《とくめい》が高いので、自分の正体を隠して思ったままを書き込める。若い世代では裏アカを持つのは当たり前になっている」

「知らなかった」

恵はすっかり感心してしまった。

「詳しいのね。若い世代じゃないのに」

「うちの会社も採用に際しては使っているからな」

「まあ」

「調査会社に依頼して、応募してきた人間の裏アカウントを特定し、投稿内容をチェックさせている。普段の生活ぶり、犯罪歴の有無、他人への誹謗中傷《ひぼうちゅうしょう》、経済状態、その他諸々。ネガティブな情報だけでなく、学業やスポーツでの成績、ボランティア活動その他、有益な情報も収集する。それを分析して評価を付けた上で報告を上げてもらう」

「裏アカウントって、秘密なんでしょ。どうやって調べるの？」

「俺は専門家じゃないから詳しいことは知らない。多分、応募者が提出したエントリーシートに書かれた出身校や生年月日、その他の個人情報を手がかりに探すんだろう」

「それで分かるの？」

「プロだからな。それでこっちも金を払う」

「でも、応募者が知らないところで個人情報を利用してもいいの？」

「エントリーシートを提出するとき、企業は個人情報取り扱い同意書への同意を応募者に求めている。だから問題はない」

　真行寺はわずかに顔をしかめた。

「前に調査会社の社長から聞いた話では、ある企業の応募者にハラスメント傾向が見受けられたので、採用は控えた方がいいと担当者に伝えたそうだ。しかし、前に勤めていた会社での営業成績が優秀だったので、企業は忠告を無視して採用した。ところが数年後、その社員は部下へのセクハラ事件と下請《したう》けへのパワハラ事件を起こして解雇された。そして企業は被害者に損害賠償請求され、裁判沙汰《ざた》になった。ま、自業自得《じごうじとく》と言えばそれまでだが」

「雇った側も災難ねえ」

「その通り。採用する側のリスクを考えれば、調査は当然だ。もうすぐ採用時の裏アカ調査は当たり前になるだろう。ＳＮＳの投稿は利用者の自由意思で公開している情報だからな。表だろうが裏だろうが、人に知られて困る内容を書き込む方が悪い」

　恵は自分のグラスに酒を注ぎ足した。

「確かにそうよね。私もお酒を出す仕事してて思うけど、酒の上の過《あやま》ちって信じられない。酔っ払って寝ちゃうとか気分が悪くなるとかはあると思うけど、人に絡《から》んだり暴力を振るったりする人って、人格的に問題があると思うわ。そういう人はお酒を呑まなくても、いつか過ちを犯すのよ」

「珍しく意見が合うな」

真行寺もグラスに残った酒を呑み干した。

両親を喪《うしな》った後、真行寺は恵の占いの師であった尾局與に手厚い庇護《ひご》を受けた。與亡き後もその恩を忘れず、「玉坂《たまさか》恵の力になって欲しい」という遺言《ゆいごん》を守って、窮地《きゅうち》に陥《おちい》った恵に手を差し伸べてくれた。

そして今は、ふとした縁で知り合った身寄りのない少年の後見人も引き受けている。

無愛想《ぶあいそう》で口は悪いが、義理人情に篤《あつ》い人物なのだ。知り合ってから三十年以上経っているが、思えば公私にわたって随分と世話になった。

かつて恵が人気占い師になれたのも真行寺のお膳立《ぜんだ》てが功を奏したからだし、おでん屋の女将《おかみ》として再出発するときに力を貸してくれたのも真行寺だった。そして四年前、もらい火で焼け出されたときも、跡地を買い取って新しいビルを建て、テナントとして入居させてくれた。

尾局與が結んでくれた縁とはいえ、家族でも内縁関係でもない人間からこれほどの厚意を示されるのは、尋常ではない。まして恵は、真行寺が自分にまったく恋愛感情を抱いていないのを知っているので、ますます不思議な気がする。

「俺の顔に何か付いてるか？」

　真行寺が皮肉っぽく眉を吊《つ》り上げた。自分でも気がつかないうちに、じっと顔を見つめていたようだ。恵はあわてて目を逸《そ》らした。

「あっと……実は迷える仔羊《こひつじ》のことが気になって」

　とってつけたように話題を切り替えた。

「四十半ばの大学教授で、見た目は良くないけど人柄は良さそうなの。でも婚活でひどい目に遭《あ》ったらしくて、どうやら女性不信に陥ってる感じで……」

　真行寺は呆《あき》れたように首を振った。

「お前、人の婚活より自分の婚活を考えろよ。周りの人間はどんどん結婚して、一人だけ置いてけぼりくってるぞ」

「あら、私はいいのよ。別に婚活してないし」

「負け惜しみに聞こえる」

　真行寺はバカにしたようにフンと鼻で笑った。

「俺は本気出してないだけ……なんつってる奴《やつ》が何かを成し遂げた試しはない」

「あのねえ、私はもう結婚は真っ平なの。あなたも一度やってみたら分かるわよ」

恵が三十三歳のときに結婚した相手は、執筆作品の担当編集者で、結婚後はマネージャーになったのだが、恵のアシスタントと不倫した挙げ句、ホテル火災で亡くなった。おまけに恵の稼いだ金を株に投資し、大損を出していた。

お陰で恵はマスコミから「占い師のくせに夫の不倫も見抜けないのか」「夫がホテル火災で亡くなるのを予想できなかったのか」と大々的なバッシングを受け、占い師としての人気も、目に見えないものが見える天与の力も失ってしまったのだ。

真行寺のお陰でおでん屋を開店し、今日に至っているが、あのときのことは辛《つら》すぎて思い出したくない。

「結婚は懲《こ》り懲《ご》りのお前が縁結びに精出してるんだから、皮肉な話だよな」

「そうよね。自分でも不思議」

あれはおでん屋を始めて十年ほど経った頃だろうか。男と女の間に兆《きざ》したご縁の光が見えるようになった。すると、なんとか力になって、ご縁を結んであげたいと思い始めた。自分には手に入らなかった結婚の幸せを、他の人たちに与えてあげたいと望んでいた。

「ところで、大輝《だいき》のことだが」

真行寺が、ほんの少し言いにくそうに口にした。今夜、店に来たのはその件だろう。

江川《えがわ》大輝は真行寺が後見人をしている少年で、「愛正園《あいせいえん》」という児童養護施設で生活している。そこには真行寺も高校卒業まで入所していた。今は定期的に寄付をして経営を支えている。

後見人は引き受けたものの、独身で子供に接したことのない真行寺は大輝とどう接したらいいか分からず、思い余って恵に月一回の大輝との面会にめぐみ食堂を貸してくれるように頼んできた。

もちろん、恵は喜んで引き受けた。そのうち恵も大輝と仲良くなり、今は施設で大輝と仲良くしている子供も一緒に、遊びに連れて行くようになっていた。その様子を真行寺に報告すると、謝礼に国産黒毛和牛の高級牛タンが届く。恵は牛タンをおでんにして店で出し、お客さんに喜ばれている。

「映画が二回続いたから、今月はマザー牧場に連れて行くわ。動物と触れ合うのは、子供達にも良いことだし」

「そうか」

「小学校の遠足で一度行ったんだけど、よく覚えてないの。まあ、今はあの頃より設備もアトラクションも充実してると思うけど」

「ふうん」

真行寺は生返事をして財布から一万円札を数枚抜き、カウンターに置いた。

「いつもありがとうございます」

毎度の習慣なので、恵はありがたくいただくことにしている。

「ま、よろしく頼む」

真行寺は椅子から滑《すべ》るように降りると、後ろも見ずに出て行った。

恵はその背中に目を凝らしたが、最後まで光はまったく見えなかった。


その週の金曜日、めぐみ食堂を最初に訪れたのは播戸慶喜《ばんどよしのぶ》だった。

「いらっしゃいませ。どうぞ、お好きなお席に」

播戸は誰もいない店内をチラリと見て、中央より左に寄った席に腰を下ろした。

めぐみ食堂を気に入ってくれたらしく、初めて訪れた日から週に一回のペースで来店してくれる。

「お飲み物は？」

「ハイボールにしようかな」

これまでは生ビールを注文していたので、少し意外な気がした。

「いや、実は今週から糖質制限を始めたんだ」

播戸は訊かれる前に自分から説明した。

「日曜に久しぶりにツーリングに行ったら、身体が重くてね。ズボンも少しきつめになってきたんで、測ってみたら五キロも増えていた。それで、糖質制限と筋トレでダイエットしようと……」

恵相手だと婚活で感じた緊張やわだかまりがないのだろう。播戸の口調は滑《なめ》らかで屈託《くつたく》がなかった。

「ダイエットの中でも、糖質制限はすぐに効果が出るそうですね」

「うん。それにタンパク質とミネラルをキチンと摂《と》るから、筋力が落ちないんだ」

「今日の大皿料理は多分、みんな糖質オフだと思います」

茹でたインゲン、谷中生姜《やなかしようが》、鰯《いわし》の梅煮、ゴーヤとツナのスタミナ和え、デビルドエッグ。

ゴーヤとツナのスタミナ和えは、醬油・和風出汁・おろしニンニクを混ぜたタレでゴーヤとツナを和えた、サラダ感覚の料理だ。隠し味でほんの少し砂糖を入れているが、ダイエットに支障が出ることはないだろう。

播戸は大皿料理に舌鼓《したつづみ》を打ち、壁のホワイトボードを見上げた。

本日のお勧め料理は、鰹《かつお》とスズキ（刺身またはカルパッチョ）、空豆《そらまめ》、茹でアスパラ、シシトウ焼き、キスの天ぷら、塩豚の夏野菜巻き、塩ラッキョウ。

「天ぷらは衣がなあ……小麦粉だし。塩ラッキョウって、ママさんが漬けたの？」

「はい。八百屋《やおや》さんに教えてもらって」

塩水で漬けたラッキョウは、甘酢味のラッキョウにはない清冽《せいれつ》な辛味がある。好きな人には堪《たま》らない味だ。

「僕の好物なんだよ。悔《くや》しいな。ご飯が欲しくなる」

恵は微笑ましい気分で頬《ほお》を緩《ゆる》めた。

「今日のシメ、ご飯抜きのトー飯《めし》にします？」

「そうします。当分の間、糖質は敵だ」

「でも、学者さんなのに趣味がアウトドアって、珍しくありません？　釣りとツーリング……しゃれみたい」

「別に珍しくないよ。仕事がインドアだから、趣味がアウトドアって、バランス取れてるでしょ。釣り仲間に東大の先生もいるし」

答えながらも頭の中で今日の献立を組み立てているのか、播戸の目は料理を追って右から左へと動いた。

「アスパラとシシトウ、それに塩豚の夏野菜巻きはお勧めです。タンパク質とミネラルで」

「うん。スズキは刺身とカルパッチョ、どっちがいいかなあ」

「カロリーが低いのはお刺身ですけど」

「糖質制限はね、カロリーは考えなくていいんだ。カロリーより栄養素だって栄養士の先生に教わった。ノンオイルドレッシングは糖分が入ってるから、マヨネーズの方がいいって」

「まあ、そうなんですか」

「でも、まあ、刺身にしようかな。うん、刺身で」

「はい。かしこまりました」

恵はスズキの刺身を盛り付けながら、播戸は婚活の場で、どういう態度で相手と接したのだろうと考えた。今のように自然体で、屈託なく会話が出来ていれば、上《う》手《ま》くいく相手に出会えたのではないだろうか。

「美味い。日本酒が欲しくなるのが辛いけど」

播戸はスズキの刺身を口に入れて目を細めた。

恵は冷蔵庫から茹でたアスパラを取り出し、ガラスの皿にマヨネーズを添えて出した。

次にシシトウを焼こうとしたところで、新しいお客さんが入ってきた。

「いらっしゃいませ」

藤原海斗だった。自然と声が弾む。今日は女性の連れがあった。五十代後半くらいで、背筋が伸びて姿勢が良く、洗練された印象だ。

「こちらは木谷佐和《きたにさわ》さん。六本木《ろっぽんぎ》でウエディングドレスのレンタル店を経営されてる。今度、うちの結婚相談所と業務提携することになってね。契約成立のお祝いにお連れしたんだ」

海斗は佐和に椅子を勧め、隣に腰を下ろした。

「初めまして。藤原社長からめぐみ食堂と恵さんのお話を伺って、是非一度来てみたいと思ったんです」

佐和は愛想《あいそ》良く言って恵に会釈した。

「もしかして藤原さん、話を盛りました？」

「いや、全然。ありのままに話したよ。有名な元占い師で、今もおでん屋の傍《かたわ》ら、男女のご縁を結ぶ手助けをしている。カップル成婚率は相談所も顔負けだって」

「メガ盛りしてるじゃないですか」

海斗は朗《ほが》らかに笑って、佐和に飲み物を尋ねた。

「日本酒の品揃えも良いですが、ワインも置いてあるんですよ。グラスで注文できますから、何でもお好きなものを」

「おでんはやっぱり日本酒ですよねえ。でも、取り敢《あ》えず最初はビールをいただきます。生ビールの小ジョッキ」

「僕も同じで」

「はい、小生二つ」

恵がサーバーからビールを注いでいると、播戸が上着のポケットに手をやり、スマートフォンを取り出した。耳に当てて椅子から降り、店の隅《すみ》に移動して小声で通話を始めた。数回の遣《や》り取りで通話を終えると、浮かない顔で席に戻ってきた。

「悪いけど、急用が出来て。残りの注文、キャンセルして下さい」

そう言うと、カウンターに五千円札を置いた。

「お忙しいですね。どうぞお気をつけて」

恵が釣り銭を出そうとすると、頭の横で片手を振った。

「お釣りは取って下さい。迷惑料です」

「ダメですよ、先生」

しかし播戸は後ろも見ずに店を出て行った。その後ろ姿が青と灰色を混ぜたような靄《もや》に包まれた。

それを見た瞬間、恵は播戸が深く傷ついたことを知った。急用というのも嘘《うそ》だ。この場に居たたまれず、早々に立ち去ったのだ。どうしてそんな気持ちになったのか、その理由は分からないけれど。

「鰯、脂《あぶら》がのってますね」

佐和に言葉をかけられて、恵はすぐに気持ちを切り替えた。

「はい。鰯は節分《せつぶん》のときに出回りますけど、本当は梅雨《つゆ》の頃が脂がのっていて美味しいそうです。今がちょうど旬ですね」

海斗が壁のホワイトボードを指さした。

「塩ラッキョウは初登場だっけ?」

「そうです。八百屋さんに教えてもらって漬けてみました」

「トー飯のお供にもらおうかな」

佐和もつられたようにホワイトボードを見上げた。

「カルパッチョは白身魚じゃなくても合うのかしら」

「はい。今の時期の鰹はさっぱりしてるので、オリーブオイルと相性が良いんです。もちろん、生姜醬油も美味しいですけど」

「それじゃ、せっかくだから鰹をカルパッチョでいただこうかしら」

「あとは空豆とアスパラ、キスの天ぷら下さい」

海斗は注文を終えると、恵に目を移した。

「恵さん、木谷さんの会社はただのウエディングドレス店じゃない。マタニティ花嫁用の衣装も作ってレンタルする、日本では珍しい店なんだ」

「まあ」

恵は驚いて佐和の顔を見直した。

「噂《うわさ》はチラッと聞いてたけど、この前、大阪のホテルで開かれた試着会を見学させてもらって、認識を改めたよ。これからはマタニティ婚を前向きにとらえる人たちが増える。マタニティ花嫁用のウエディングドレスの需要は、もっと増えるってね」

「私、アパレルメーカーを退職した後、ウエディングドレスの輸入卸《おろし》の仕事を始めたんです。そしたらある貸衣装店で『マタニティ用のウエディングドレスがあれば買う』と言われて、閃《ひらめ》いたんです」

佐和は生ビールをひと口呑んで、先を続けた。

「当時、マタニティ花嫁用のドレスはほとんどありませんでした。お腹の大きな花嫁は、お腹のサイズに合わせてドレスを選ぶしかなくて、どうしても胸元とか肩幅が大きくなってしまうんです。私は子供が二人いるので、妊娠中の体形や体調の変化が分かります。だから、私ならマタニティ花嫁を美しく見せる衣装が作れると確信したんです」

佐和はアパレルメーカー時代に知り合ったデザイナーに協力を求め、様々なデザインのドレスを作っていった。腹部に伸縮性を持たせたり、ウエストの切り替え位置を高くしたりして腹部への負担を減らし、体形に合わせた作りで着る人が美しく見えるように腐心した。

「それで、十五年前に今の店を立ち上げたんです。これまで千人以上のマタニティ花嫁さんたちと関《かか》わりました」

妊娠による体形の変化でドレスがキツくならないように、予《あらかじ》め本人の身長、体重、運動経験などを訊き、その情報を基に結婚式当日の体形を予測するという。

「専用のインナーの内側にタオルや綿を詰めて、お腹の膨《ふく》らんだ状態でドレスを試着していただいてます。こうすればサイズ感も着心地も、一番ご本人に合ったドレスを選んでいただけますから」

恵は佐和の周到な配慮に感心すると共に、臨月近い時期に式を挙げることに一抹《いちまつ》の憂慮《ゆうりょ》を感じていた日村一花のことを思い出した。

「あのう、これまで臨月に近い花嫁さんもいらっしゃいました？」

「はい、何人も」

佐和は自信に満ちた表情で頷いた。

「流行病で式の延期を余儀なくされた状況で、妊娠を前向きに考える花嫁さんが増えたのは確かです。以前はお腹を隠すタイプのドレスを選ぶ方がほとんどだったんですが、最近はお腹の目立つドレスを選ぶ方が増えてきました」

「まあ……。何事も考え方次第なんですね」

「私は良いことだと思います。お式を挙げる幸せと、子供を授かる幸せを、ダブルで感じていらっしゃるのですから」

「そうですよね！」

恵は思わず声を弾ませた。日村一花に佐和の店のドレスを教えてあげたい、そしてダブルの幸せを感じて欲しい。

「木谷さんの店の実績が、それを証明しているよ。一昨年は流行病でゼロになった月もあったそうだけど、今年五月の売上げは三年前の二倍増だ」

海斗は満足そうに佐和を見て頷いた。

「もちろん、それは全国の主要都市で試着会を開き、その様子をSNSで情報発信してお客さんの需要を摑《つか》む、木谷さんの営業努力が実を結んだ結果だ」

「私は花嫁さんに、どんなタイミングでも最高に美しい姿で式に臨《のぞ》んでいただきたいんです。妊娠しても似合うドレスはあることを、授かり婚の皆さんに知っていただければ」

恵は共感を込めて何度も頷いた。

「お客さまに授かり婚の方がいるんです。結婚式の日取りが臨月に近くなるので、ウエディングドレスを着るのが憂鬱だって。その方に木谷さんのお店のことをお知らせします。きっと大喜びですよ」

「本当ですか。それを伺って私も嬉しいです。今日は藤原さんにこのお店に連れてきていただいて、本当に良かった」

佐和は海斗を見て拝《おが》む真似《まね》をした。海斗は首を振り、楽しそうに言った。

「やっぱりこの店と恵さんがパワーを持っているんですよ。迷える仔羊を救うため……」

迷える仔羊という言葉に、恵は播戸のことを思い浮かべた。

あの人は今頃どうしているのだろう？


その夜、十時半が近づくと、お客さんも一人二人と帰り始め、十時四十分には最後の一人も席を立った。

今日はこれで閉めようとカウンターを出たところで、引き戸が開いて播戸が入ってきた。

「まあ、お帰りなさい」

播戸はバツの悪そうな顔で頭を下げた。それがいかにも〝ベソをかいたブルドッグ〟を連想させて、恵は微笑ましい気持ちになる。

「先ほどはすみませんでした」

「そんなこと、ちっとも。あ、ちょっと待ってね。どうぞ、お好きなお席に」

恵は小走りに店を出て、立て看板の電源を抜き、「営業中」の札を「準備中」に裏返して暖簾を仕舞った。

「貸し切りにしましたから、ごゆっくり。ハイボールでよろしい？」

再びカウンターに入り、ハイボールを二杯作って一つを播戸の前に置いた。

「お代は十分いただきましたから、結構ですよ。おでん、召し上がりますか?」

播戸は黙って頷き、ハイボールを二口ほど呑むとカウンターにグラスを置いた。そして恵が見繕《みつくろ》って皿に盛ったおでんを、むしゃむしゃと食べた。もしかしたら、店を出てから何も食べていなかったのかも知れない。

おでんを半分ほど食べるとようやく人心地が付いたのか、播戸はハイボールで喉を潤《うるお》し、重たげに口を開いた。

「気がついたかも知れないけど、急用というのは嘘です。電話なんかかかってこなかった。あれは僕の一人芝居です」

話の腰を折らないように、恵は口を挟《はさ》まずに頷いた。播戸は何か聞いて欲しいことがあるのだろう。だからわざわざ閉店間際《まぎわ》に店に戻ってきたのだ。

「隣に座ったあのイケメンのお客さん、あの人を見たら、突然イヤな記憶が甦《よみがえ》ってきて、どうしても居たたまれない気分になってしまって……」

「播戸さんがそういう気持ちなのは分かりました。だから気になってたんです。いったい何があったんです?」

播戸はしばらくためらっていたが、やがて迷いを吹っ切ったように言った。

「僕は去年まで二年間、婚活をしていました」

話の筋道を探すように、視線が宙を彷徨《さまよ》った。

「それまでは研究で忙しかったし、どうせモテないという諦《あきら》めもあって、余暇は専《もっぱ》ら趣味に費やしていました。でも研究の成果が出て、精神的にも一段落したタイミングで、親に『そろそろ結婚したらどうか』と言われて、何となくその気になりました。子供は好きだったので、自分の子が欲しいという希望もありました」

播戸は結婚相談所に登録した。男性会員は三十代までという規則があったが、年収一千万円以上で医師・弁護士・公務員・大企業の社員など、安定した職業に就《つ》いている場合に限って、四十代以上でも入会が認められたという。

「それからはもう、屈辱《くつじょく》の日々でした」

書類を見て気に入った女性に対面での面談を申し込んでも、断られることが多かった。たまに面談が成立しても、次の面談を断られる。何度か対面の面談が成立した相手からは、高い食事やプレゼントを要求された。

「結婚相談所の規則は大体どこも同じだと思いますが、一対一の交際がスタートしたら、三ヶ月以内に結婚に進むか、交際をやめるか、決めないといけないんです。三ヶ月ギリギリまで引っ張られて、お金を使わされた挙げ句に断られたこともあります」

播戸は陳列棚の上の売れない商品になったような気がした。そして就職活動で苦戦する教え子たちの姿が目に浮かんだ。自分は女性、学生は企業に選ばれようと、虚《むな》しい努力を強《し》いられているのではあるまいか。

「婚活パーティーにも何度か参加しました。僕の前に連絡先交換希望のカードを出してくれる女性はいませんでした。そして、最後に参加したパーティーでは……」

参加した男性はほとんどが四十代以上だった。つまり、医師や弁護士、公務員、大企業の社員など高収入を得ている面々だ。

しかし、そのパーティーでは、一番若い三十代前半のIT実業家に女性の人気が集中し、連絡先交換希望のカードを持つ女性の行列が出来た。播戸をはじめ、残りの男性たちはまるで見向きもされなかった。

「そのIT実業家が、あのお客さんにそっくりでした。あの人の方がイケメンだけど、同じタイプです。背が高くて脚が長くてハンサムで爽やかでファッションセンスが良くて人を逸らさない魅力があって」

播戸はひと息に言ってハイボールを呷《あお》った。

「別にその男が悪いわけじゃありません。僕が女だったら、あの男に熱を上げたと思いますよ。ママさんだって、あのお客さんが来たときは、僕が来たときと態度が違うでしょ」

「そんな……」

恵は否定しようとしたが、播戸は遮《さえぎ》るように片手を振った。

「別に非難してるわけじゃありません。仕方ないことだと思ってます。僕だってママさんの立場だったら、あんなステキなお客さんが来たら胸がときめくでしょうから」

播戸は捨てられた犬のような目で恵を見た。

「ただ、あのとき僕は思い知らされたんです。自分には男としての魅力がまったくないんだって。多分、あのときパーティー会場にいた他の男性会員も、僕と同じ気持ちだったと思います。何しろ、目《ま》の当たりにしたんですからね、彼我《ひが》の差を」

恵はかけるべき言葉が見つからなかった。

女の子は物心ついた頃から容姿でランク付けされるから、年頃になればある程度免疫《めんえき》が出来るが、男の子はどうなのだろう。きっと容姿よりスポーツの能力や喧嘩《けんか》の強さの方が重視されるのではないだろうか。少なくとも成人になれば、容姿より学歴や職業や収入に恃《たの》むところが大きいだろう。それを根底から覆《くつがえ》されるような経験は、本人には耐えがたいかも知れない。

「最後に交際した女性には、二ヶ月目で結婚を申し込みました。そうしたら……」

ひと回り以上年下のその女性は、悪びれることなく言い放った。

「播戸さんにとても大事にしていただいて、私、自信がつきました。こんな私でも捨てたもんじゃないなって。だったら、もっと若くてレベルの高い男性との結婚を目指します」

播戸の浮かべた笑いには、惨《みじ》めさと苦々《にがにが》しさがこもっていた。

「だから、もう婚活はやめたんです」

恵はじっと播戸を凝視した。その背後に、微《かす》かにではあるが、温かい色の光が揺れている。

「播戸さん、もう一度婚活を始めましょう」

「だから、話したじゃないですか。僕が婚活をやめた事情を」

「それなら、どうしてこの店にいらしたんです？」

播戸は一瞬訝《いぶか》るように目を細くした。

「あなたは最初この店にいらしたとき『ニュース2・0』を観て、懐かしくなってしんみち通りに来たと仰《おつしや》いました。でも、あの番組をご覧になったのなら、この店が一種の婚活パワースポットと思われているのをご存じですよね？　それでも敢えてそんな店に足を踏み入れたのは、婚活への思いが復活したからじゃないんですか？」

「そ、そんなことは……」

播戸は明らかに狼狽《ろうばい》した。

「私は、播戸さんは良いタイミングで気持ちを切り替えたと思いますよ。正直、男性にも適齢期はあります。今の播戸さんの年齢なら、相応《ふさわ》しい女性とご縁を結ぶことは十分可能だと思います。でも、五年先は今よりずっと難しくなります。そして十年先は、ハッキリ申し上げて初婚の女性と結婚するのは難しいでしょう。今が最後のチャンスと思って下さい」

恵は敢えて強めの言葉を口にして、播戸の方に身を乗り出した。

「播戸さん、もう見栄を張っている時間はありません。ご自分の気持ちに正直になって下さい。信頼できて好感の持てる女性と結婚して、幸せに暮らしたいと思っていますね？」

播戸はガックリと肩を落とした。

「そうです。でも、僕は過去の経験で、自分にはそんな幸運は巡ってこないような気がするんです」

恵は声の調子を和《やわ》らげて、静かに言った。

「私は結婚だけが人生の幸せだとは思っていません。結婚しなくても幸せに暮らしている人は沢山います。でも、幸せな結婚生活を送れたら、とても素晴らしいことです。もし少しでも結婚したいという気持ちがあるのなら、それに向けて努力することは、恥でも不名誉でもありません。人として大切な、誠意ある行動です」

播戸は俯《うつむ》いていた顔を上げ、救いを求めるように恵を仰《あお》ぎ見た。

「男女の仲は、ご縁と相性です。ご縁のない所で努力しても伴侶《はんりょ》は見つかりません。まずは、ご縁を探しましょう」

「僕にもご縁はあるんでしょうか？」

「大丈夫です」

恵は播戸の背後にほんのかすかに灯《とも》った温かい色の光を見て、縁の存在を確信した。

「求めよ、さらば開かれん。婚活なきところに婚姻なしです！」

かつての人気占い師レディ・ムーンライトだった頃のように、恵は両手を胸の前でX字形に交差させ、厳《おごそ》かに宣言した。

三皿目

ジンギスカンは婚活の味

マザー牧場は房総丘陵《ぼうそうきゅうりょう》の一角をなす鹿野山《かのうざん》に位置し、東京ドーム五十個分の約二百五十ヘクタールの面積を持つ。住所は千葉県富津《ふっつ》市だが、鉄道を利用する場合はJR内房《うちぼう》線の君津《きみつ》駅で下車し、四十分ほどバスに揺られて到着する。

一九六二年に開設された当初は農業の発展と畜産技術の振興を目的とした牧場だったが、今や遊園地・アドベンチャーアトラクション・味覚狩り等の施設を併設し、「花と動物たちのエンターテインメントファーム」という謳《うた》い文句に相応《ふさわ》しいテーマパークとなっている。

しかも二〇二一年にはグランピング施設もオープンし、宿泊も楽しめるようになった。グランピングとは準備不要のキャンプ場のことで、食事や掃除などのサービスが付いているので、初心者が手ぶらで行っても楽しめる。テント泊以外はホテルと変わりない。

「この駅、覚えてる？」

恵《めぐみ》が聞くと、大輝《だいき》・澪《みお》・凜《りん》の三人は一斉《いっせい》に「うん！」と返事した。二年前、この君津市にあるベリーファーム仁木《にき》へ苺狩《いちごが》りに連れてきたのだ。児童養護施設「愛正園《あいせいえん》」で生活している三人に、苺狩りは初めての経験だったので、強く印象に残っているのだろう。

あのときは三人と仲の良い新《あらた》という少年も一緒だったが、今は優しいご夫婦に養子として迎えられ、幸せに暮らしている。

「今日は苺狩りじゃなくて、動物がいっぱいいる所に行くのよ」

「動物園？」

「ちょっと違うな。檻《おり》の外から見るだけじゃなくて、動物を触《さわ》れるの。エサもあげられるわよ」

子供達は目を輝かせた。愛正園ではペットを飼っていないので、日頃動物と触れ合う機会はない。いつもテレビで可愛《かわい》い犬や猫の出てくる番組を見ては「いいなあ」と、羨《うらや》ましく思うばかりだ。

そして恵自身もペットを飼った経験がないので、子供達と同じく動物と触れ合ったことがない。

「はい。バスに乗りますよ」

恵は子供達を促《うなが》して、マザー牧場行きのバスの停留所に向かった。時刻は九時二十分少し前。これなら十時には着くだろう。

今日は北千住《きたせんじゅ》駅から七時三十九分発の東武《とうぶ》スカイツリーライン準急に乗って錦糸《きんし》町《ちょう》駅まで行き、ＪＲ特急新宿さざなみ1号に乗り換えて君津までやってきた。子供達は朝からハイテンションではしゃいでいたので、バスでは居眠りするのではなかろうか。

マザー牧場にはゲートが二ヶ所あって、〝山の上ゲート〟と〝まきばゲート〟と呼ばれている。バスが着くのは、まきばゲートだ。

土日祝日は平日よりも来場者が多いが、駐車場にはまだ余裕があった。一番混むのはゴールデンウイークだという。朝一番で駐車場が満車になると聞いたので、五月は〝お出かけ〟の候補から外《はず》した。

来場者はやはり親子連れが多かった。

「最初にツアーのチケットを予約してくるね」

恵はゲートの先にある〝ファームステーション〟というチケット売り場を指さした。

広い牧場で時間を有効に使って楽しむために、予《あらかじ》めマザー牧場の予習をしてきた。今日の目玉はトラクターの牽引《けんいん》するトレインで場内を回る「マザーファームツアーDX」だ。アルパカと触れ合えるのはこのツアーだけで、とても人気がある。先に予約を済ませておいた方が安心だった。

「じゃ、最初のスポットへ行こうか」

通りを挟《はさ》んだ少し奥に〝ふれあい牧場〟がある。文字通り、柵《さく》の中に入って動物たちと触れ合えるスペースだ。

「こんにちは」

係員の女性がにこやかに声をかけた。

「あの子がカピバラ。あの子はマーラ。ウサギさんと子豚ちゃんはあっち」

エリア内にいる動物たちを指して説明してくれる。カピバラはCMでお馴染《なじ》みだが、マーラは初めて見る動物だった。ウサギのような顔をして、カンガルーにもちょっと似ている。つまり、可愛い。

ふれあい牧場にいるのはミニブタで、柴犬《しばいぬ》くらいの大きさだった。鼻がピンクで目が黒くて丸くて愛くるしい。この姿だけ見ていると、豚が不細工《ぶさいく》とか汚らしさの代名詞に使われることが理不尽に思えた。

「すごい、大きい」

澪と凜が気味悪そうな顔で見ているのは巨大な亀《かめ》だった。

「リクガメっていって、世界で一番大きくなる亀なの。でも大人しくて、みんなと仲良しよ」

女性は膝《ひざ》を折って子供達と視線を合わせると、優しく言い聞かせた。

「動物たちはとっても怖がりなの。だから大きな音を立てたり、乱暴に体を触ったりしないでね。そばに近づいたら横に並んで座って、そっと体をなでてあげて。そうしたら仲良くなれるから」

それから最後に付け加えた。

「あと、口元に手を近づけないでね。エサと間違えてパクッと嚙《か》んじゃうかも知れないから」

大輝も澪も凛も優しい性格なので、係員の言うことをちゃんと守った。澪と凛は静かにウサギに近寄って、そっと背中に手を伸ばした。大輝は巨大な亀の隣にしゃがんで、甲羅《こうら》をなでている。

恵はカピバラに歩み寄り、警戒していないのを確かめて背中に触れてみた。意外にもカピバラの毛はゴワゴワしていて、束子《たわし》と似た手触りだった。そしてテレビのＣＭではユーモラスな感じがしたのに、間近で見る〝リアルカピバラ〟は、可愛いというよりワイルドな感じだった。

そして驚いたのはヤギだった。高い柵の上を平然と歩いている。

「すごい。高いところ、平気なんですね」

「ヤギは俊敏で行動的な動物なんですよ。山岳地帯の岩場を好む種も多いですし。

人間がロッククライミングでないと登れないような急な斜面でも、平気で登れるヤギもいるんです」

「紙を食べる大人しい動物っていうイメージだったんですけど、大違いですね」

ひと通り牧場の動物たちをなでたところで、恵は子供達を連れて隣のスペースに移動した。

そこは〝こぶたスタジアム〟という砂地の広場で、柵の中には子豚が何頭もいた。ミニブタではないので、ラブラドールレトリーバーの成犬くらいの大きさだ。ここでは子供と子豚がペアを組んで走る〝こぶたのレース〟が催される。

「それでは、出場したい人は手を挙げて」

係員の声に、スタジアムの子供達は一斉に手を挙げた。出場できるのは三歳児から小学生までだ。

「ごめんなさいね。全員は無理なので、選手は抽選で決めさせていただきます。選ばれなかった皆さんも、お友達を応援してあげて下さいね」

係員が子供達に抽選券を配りながら言った。

「レースの前に、子豚ちゃんたちの様子を見ておいてね」

レース前の子豚は色違いのゼッケンを付けていた。抽選に当たると子供達にもゼッケンが渡され、同じ色のゼッケンの子豚とペアを組んでレースに出場する。

「やった！」

大輝は見事抽選に当たった。

「良かったね、大輝くん」

「頑張って優勝してね」

澪と凜は大輝の肩をポンポン叩《たた》き、一緒に喜んだ。

ふと見ると、親子連れの多い来場者の中に、ひと組だけ三十代半ばと思われるカップルがいた。男女共に妙にぎこちない態度で、夫婦や恋人ではないのは、ひと目で分かる。いや、友人ですらなさそうだ。

もしかして、お見合い後の初デートとか？

恵はついカップルに興味を惹《ひ》かれそうになり、あわてて子供達に関心を戻した。

「皆さん、何色の組が優勝するか、予想してみませんか」

係員が箱に入った子豚のマスコットを手に、観客の間を回っていた。

「子豚のマスコットを買って、レースの結果を予想しませんか？　一個五百円です。一位が当たった方にはステキなプレゼントがあります」

澪と凜の顔を見ると、期待で目が輝いている。

「じゃ、三人で一個ずつ買おうか」

「うん！」

「何色にする？」

「私オレンジ！」

「私黄色！」

「じゃ、メグちゃんは緑にする」

恵は大輝の色に投票した。お金を払ってマスコットを手にすると、いよいよレースが始まった。

子供と子豚のペアは互いの動きが噛み合わず、なんとも微笑《ほほえ》ましい光景が見られた。疾走《しっそう》する子豚のスピードに追いつけず、置いてけぼりを喰《く》らう子もいれば、マイペースであさっての方に走り出した子豚を追いかけてコースを外れる子、途中で立ち止まってしまった子豚を走らせようと、小さな手でお尻《しり》をペシペシ叩く子もいる。

そんな中でも大輝はなんとか子豚と歩調を合わせ、見事三位でゴールした。

「おめでとう！」

「大輝くん、グッジョブ！」

恵は澪と凜と声を合わせ、エールを送った。

大輝は嬉《うれ》しそうに手を振って、ペアを組んだ子豚の頭をなでた。

恵はもう一度あのカップルの方を見た。二人はさして面白くもなさそうな顔でスタジアムの隅《すみ》に立っていた。会話もほとんどない様子だ。

こんなんで上手《うま》くいくかなあ。

他人事《ひとごと》ながら気になって、ついじっと見てしまい、女性と目が合いそうになった。恵は何食わぬ顔で視線を逸《そ》らした。

こぶたスタジアムを出ると、今度は〝うさモルハウス〟という建物に入った。中には腰の高さくらいの木の台があって、その上には色々な種類のウサギが、藁《わら》のようなものを敷き詰めた台の上には数匹のモルモットが座っていた。

「ウサギもモルモットも、フワフワの柔らかい毛をしています。そっとなでてあげて下さい。とても気持ち良いですよ」

大人も子供もそろそろと手を伸ばし、柔らかそうな毛に包まれた背中をなでた。ウサギもモルモットも大人しく、逃げようとはしなかった。毎日来場者になでられて、人慣れしているのかも知れない。

「可愛い」

「大人しいね」

子供達が口々に呟《つぶや》いた。

「ウサギさんって、こんなに色々いたんだ」

澪は種類の違うウサギの顔を見比べて、感心したように言った。

犬は様々な種類があるが、ウサギの外見もバラエティーに富んでいた。立ち耳と垂れ耳の違いだけで、同じ種族とは思えないほどだ。

「白くて耳が長くて目が赤いのがウサギだと思ってたけど、まるで違うわね」

子供達は、お月様で餅《もち》つきをするのはどれだろうかと、外見の異なる様々なウサギを眺《なが》めた。

「それじゃ、みんな、そろそろお昼にしようか。一時半からは羊《ひつじ》さんのショーを観《み》るよ」

まだ十一時半だったが、十二時になるとレストランが混むので席がないかも知れない。予約は受けないので、早めに行く方が安心だった。恵は子供達を連れて建物を出ると、レストラン〝ジンギスカンガーデンズ〟へ向かった。

途中、道の右手にはピンクの絨毯《じゆうたん》を敷き詰めたような花畑が広がっていた。案内のパンフレットには〝桃色吐息《ももいろといき》〟というペチュニアの改良種だと書いてあった。

やってきたレストランは広々とした作りで、屋内と屋外を合わせて千席以上ある。

「これならあわてて来なくても良かったかしら」

「メグちゃん、景色が良いからお外で食べようよ」

大輝が恵のチュニックの裾《すそ》を引っ張った。屋外席からは牧場が一望できた。

「そうね」

レストランはカフェテリア方式で、お客さんが店内に置いてある肉や野菜を買ってテーブルに運んでゆく。

恵も屋外のテーブルを選ぶと、子供達と食材を買いに行った。店の一角にスーパーの陳列ケースのような台があって、色々な食材が並んでいた。肉はラム、牛、豚、自家製ソーセージがあって、薄切り肉、厚切り肉に加えてラムチョップも置いてある。プルコギセットもあり、ご飯やキムチも買える。ノンアルコール飲料は一人三百円のドリンクバーが利用できた。

恵たちが食材を選んでいると、あのカップルも入ってきた。さすがに何を選ぶか相談していて、会話の切れ端が聞こえる。

食事を通して少し距離が縮まると良いけど。

またしても余計な心配をしてしまったのは、不器用そうな男性の姿に、婚活で苦杯をなめた播戸《ばんど》が重なって見えたからだろうか。

食材を買ってから店員を呼ぶと、テーブルに鍋《なべ》をセットし、ガスコンロに点火してくれた。

「ジンギスカンの焼き方は分かりますか？」

「実は、初めてなんです」

「それでは、まず脂《あぶら》を鍋に満遍《まんべん》なく敷きまして……」

最初に野菜を鍋に並べ、次に全体を覆《おお》うように肉をかぶせる。こうすると野菜が蒸焼きになり、肉は野菜から出る蒸気で蒸す感じだという。

「こちらはオリジナルの秘伝のタレでございます。ジンギスカンを浸《つ》けてお召し上がり下さい」

初めてのジンギスカンは美味《おい》しかった。特にタレの味が良い。後になって、マザー牧場のジンギスカンは「タレの味が違う」と好評なのを知った。

「あ〜、お腹《なか》いっぱい！」

「ご馳走《ちそう》さまでした！」

子供達もよく食べた。店にはデザートメニューがないが、場内の売店とカフェでは名物のソフトクリームを売っている。

「山のエリアへ移動して、ソフトクリームを食べよう」

あのカップルは、恵たちとは離れたテーブルに座っていた。

しかし、じっと目を凝《こ》らすと、二人の周囲の空気がほんの少し温かな色に染まるのが見えた。

お二人とも、上手くいくと良いですね。

恵は心の中で見知らぬカップルにエールを送った。

一時半からは動物のショーを観る予定だった。場所は山の上エリアにあり、まきばエリアからは遠い。恵たちは場内を巡るバスの乗り場へ向かった。牧場内には〝わんわんバス〟と〝とんとんバス〟という、それぞれ犬と豚の顔を模したデザインのバスが走っている。

とんとんバスで山の上エリアに到着すると、売店で待望のソフトクリームを買った。バニラの他にチョコ・ストロベリー・季節のフルーツなどのフレーバーが選べ、三十円プラスで台のコーンをワッフルコーンに変えられる。恵は基本のバニラ、大輝はチョコ、澪と凜はストロベリーミックスを選んだ。台はやっぱりワッフルコーンだ。

ひと口舐《な》めると良質のミルクの風味が広がり、美味しさがとろける。牧場内で搾《さく》乳《にゅう》した生乳を使っているので、味が濃厚で舌触りも滑《なめ》らかだった。

「やっぱり牧場のソフトクリームは美味しいね」

恵が言うと、子供達もワッフルコーンのソフトクリームを舐めながら頷《うなず》いた。

デザートを完食した後、一行が訪れたのはアグロドームという会場だった。ここではシープショーが催され、羊の毛刈りが見物できる。

場内アナウンスの後、進行役の係員が登場した。

「皆さん、ようこそシープショーへ！」

舞台上には緩《ゆる》やかな山型に作られた階段状の台が配置され、それぞれの台の下には羊の品種の名前が書いてあった。

「これから世界の羊を一頭ずつ紹介していきます。まずはドライスデールです」

係員が上手《かみて》を指すと、舞台の袖《そで》から大きな羊が走ってきて、段を登った。そして、ちゃんと「ドライスデール」と書いてある台の上で止まった。係員は素早く杭《くい》の鎖《くさり》を羊の首輪に繋《つな》いだ。羊は気にする風もなく、台の上のエサを食べ始めた。

「次はサフォークです」

今度は頭が黒くて体の白い羊が走り出て、やはり「サフォーク」と書かれた台に登って止まった。

係員の紹介と共に次々と羊が登場し、名前の書かれた台の上に乗っていく。全部で十九頭だった。訓練の賜物《たまもの》かも知れないが、恵は羊の頭の良さに感心した。

舞台の上の羊は、それまで牧場内で見かけた羊と比べるとかなり大型だった。すべて去勢していない雄だからで、中には百キロ近い体重の羊もいる。そしてウサギも品種によって外見が異なったが、羊もまた同様で、毛の色、質感、角のあるなしなど、一堂に会すると違いは歴然だった。

いよいよメインイベント、羊の毛刈りが始まった。カットモデルとして登場した羊は、台の上の羊に比べるとかなり小型だった。

係員は解説を交えながら羊を仰向《あおむ》けに押さえ込み、電気バリカンを使って羊の毛を刈り始めた。見事な手際《てぎわ》で、毛を刈るというよりまるで皮を剝《む》いているようだった。ものの二分もしないうちに、羊は全身すっかりクルーカットに変身してしまった。

刈り上げられた羊が退場すると、今度は黒っぽい中型犬が登場した。きっと牧羊犬だろう。係員が笛を鳴らすと、犬はその指示に応《こた》えて様々な動きをした。

係員が長く笛を鳴らすと、犬は会場を一周した。途中で新たに二匹の犬が現れた。三匹の犬は羊のいる台に乗り、その羊の背中を飛び石のように踏んで走った。羊は慣れたもので、微動だにしない。最後は犬たちが羊の背中の上で立ち、観客から喝采《かっさい》を浴びた。

「あの犬と羊、きっと仲良しなんだね」

大輝が恵を見上げて言った。

「仲良しでなかったら、きっと喧嘩《けんか》になっちゃうよ」

「そうね。あの犬たちと羊さんは、仕事の相棒なのよ」

腕時計を見ると、二時を過ぎていた。二時半からはマザーファームツアーDXに参加して、その後はヤギのエサやり体験をして、マザー牧場特製のソーセージやハムを愛正園へのお土産《みやげ》に買って、午後四時ちょっと過ぎに帰途につく予定だった。

今回のお出かけも大成功だったと思う。子供達は動物たちと触れ合って、とても嬉しそうだ。

そのマザーファームツアーDXの出発点は、まきばエリアにある。

「みんな、今度はわんわんバスに乗ろう」

「うん！」

子供達の返事は軽快だ。まだまだ疲れていないらしい。恵はそのパワーを羨ましく思いながら、子供達とバス乗り場へ向かった。

「結婚相談所ですか？」

播戸慶喜《よしのぶ》は、忌《い》まわしい言葉を聞いたかのように眉《まゆ》をひそめた。

「もちろんです。結婚を望む人は結婚相談所を利用するのが一番の早道です」

恵はまるで母親が子供に言い聞かせるような口ぶりになった。

「でも、僕が結婚相談所でどういう目に遭《あ》ったかは、この前お話ししたじゃありませんか。僕に残ったのは自己嫌悪と屈辱感《くつじょくかん》、女性への不信感、そして今から思えば法外な出費だけです」

播戸は何かを払い落とすように頭《かぶり》を振って続けた。

「婚活産業界は市場に参加する男女を明らかに商品とみなしています。実際、入会して膨大《ぼうだい》な異性のデータを見せられると、いつか理想の相手に巡り会えるんじゃないかという幻想を抱いてしまうんです。それで、断られても見合いを繰り返す……」

播戸はひと息吐《つ》いてグラスを手にした。今日の飲み物は強炭酸のライムサワー。

夏に相応しい爽《さわ》やかな味だ。

「結婚相談所が入会者を商品として見るのは、ある程度仕方ないことですよ。お金をいただいて赤の他人の婚活を手助けするんですから、慈善事業ではありませんよね」

恵は大皿料理を皿に取り分けながら言った。

今日は七月一日の金曜日、播戸は開店早々一番乗りで飛び込んできた。もう一度婚活に取り組むよう勧めてから、ちょうど三週間が経《た》っている。

本日の大皿料理は、ウインナーとカボチャのマスタード炒《いた》め、ブロッコリーとしめじのアーリオオーリオ、豚肉とナスとオクラのサラダ、夏野菜のゼリー寄せ、卵焼き。

アーリオオーリオは、ブロッコリーとしめじを茹《ゆ》でて市販の調味料で和《あ》えただけの、まことにお手軽な料理だが、食べれば美味しく、野菜も摂《と》れて一石二鳥だ。

播戸はまずゼリー寄せに箸《はし》を伸ばした。

「これ、美味《うま》いですね。それにおしゃれな感じがする」

「煮物をゼリーで固めるだけだから、意外と簡単なんですよ。夏は冬瓜《とうがん》と茗荷《みょうが》と干し椎茸《しいたけ》のあっさり煮、秋はカブと鶏のつくねの中華風味、冬は筑前煮《ちくぜんに》みたいな、ちょっとこってり系の味にしてます」

　恵は壁のホワイトボードを指さした。

「夏用に冷たいメニューも増やしたんですよ。召し上がってみて下さいね」

　ボードに書かれた本日のお勧め料理は、冷たい料理としてトマトおでん、焼きナスおでん、イタリアン冷《ひ》や奴《やっこ》、長ネギのヴィネグレットが並んでいた。

「ヴィネグレットは、前は貧乏人のアスパラって名前で冬に出していたんですけど、ネギは通年で売ってるから、夏のメニューに出来ないかと思って始めました。おでんはどうしても冬のイメージだから……」

「大変ですね。僕は夏はコンビニでおでんを売らないから、お客さんが増えるのかと思った」

「案外そうでもないんですよ。人間って食習慣に左右されるところがあるから、普段食べ慣れたものに食指が動いたりするみたい」

　恵はつい浮かない顔になった。

「もしコンビニがおでんの販売を中止したら、若い人はおでん屋さんに来なくなるかも知れないわ」

　播戸は恵がぼやいている間に、素早くお勧め料理をチェックした。

スズキ（刺身またはカルパッチョ）、殻《から》付きホタテ焼き、キスの天ぷら、カワハギの煮付け、ピーマン焼売《しゅうまい》。

「冷たい料理のおでん二品と、殻付きホタテ。……ピーマンの焼売って？」

「ピーマンに焼売の具を詰めてレンチンしたんです。糖質制限なさっているならピッタリかも」

「そうだね。じゃ、それも下さい」

播戸はライムサワーを呑《の》み干し、お代わりを注文した。

「さっきの話に戻りますけど」

恵はライムサワーを作りながら話を続けた。

「播戸さんが前に入会していた結婚相談所は、対面形式のお見合いと婚活パーティーが主体だったんですよね？」

「うん。その他にファッションセンスを磨くセミナーとか、女性とのコミュニケーションを学ぶセミナーもあった。どっちも参加したけど、結局何の役にも立たなかったな」

恵はライムサワーを出すと、トマトの冷やしおでんをガラスの器に盛り付けた。

「私がお勧めしたいのは、ＫＩＴＥという会社が経営する結婚相談所です。親会社がＩＴ企業なので、相談所にもＡＩを取り入れています。それにオンライン婚活も充実しているんです」

「ＡＩ？」

播戸はまたしても胡散臭《うさんくさ》そうな顔をした。

「例えばプロフィール交換をするだけだと、書き込む項目は年齢と身長・体重・血液型の他は、職業・年収・趣味・結婚生活で相手に希望すること……大体この程度ですよね。でも、ＡＩを使う場合は百項目を超える質問をして、その人の価値観を徹底的に把握するそうです。その上で、膨大なデータの中から価値観の合う相手を紹介してくれます」

ただし、価値観が合うのと気が合うのが違うことは、織部《おりべ》豊《ゆたか》と杏奈《あんな》夫婦が実証しているが。

恵は冷蔵庫から焼きナスの冷やしおでんを取り出した。

ナスは焼いて皮を剝いてからおでんの汁で煮るので、トマトおでんよりひと手間かかっている。それに小ネギと鰹節《かつおぶし》をかけておろし生姜《しょうが》を添えるので、味の変化もある。

「だから、ＡＩを使う結婚相談所は、成婚率が高いそうですよ」

播戸は黙ってトマトおでんを食べている。

「それと、オンライン婚活にも利点があります。対面式の場合、相手はほとんど近くに住んでいる方ですが、オンラインなら遠方の方とも出会えます」

「その場合、職業を持っている女性は難しくないですか？　結婚したら転職しないといけないでしょうから」

「それは色々ですよ。看護師さんみたいにどこの土地へ行っても勤務先が見つかる職業もあるし、リモートワークＯＫの会社も増えているし。それに、結婚したら専業主婦になりたいという女性も少なくありません」

播戸に興味を持って欲しくて、恵は声を励ました。

「結婚相談所の経営者から聞いたんですが、オンライン婚活はコミュニケーションが重視されるので、内面的な魅力を見極めるのに適してるそうです。外見に惑《まど》わされず、じっくり話し合って相手を見極めて、次の段階に進むわけですよ」

恵は一旦話を区切った。

「ところで、その結婚相談所の経営者は、この前播戸さんがお店で会ったイケメンです」

播戸は目を剝いたが、恵はかまわず先を続けた。

「ただし、本人は相談者さんと関わり合うことは一切ありません。だから播戸さんがイヤな思いをされる心配はないので大丈夫。安心して下さい」

やっと少し気持ちが動き始めたらしく、播戸は考え込む顔になった。

「それでも、一つだけ肝《きも》に銘《めい》じていただきたいことがあります」

恵は声の調子をやや厳粛《げんしゅく》に改めた。それを受けて播戸も居住まいを正した。

「何ですか?」

「これは婚活業界では定説になっていることですが、女性の場合、『絶対に結婚する』という強い意志を持っている人は、必ず相手が見つかって結婚できます。何故《なぜ》だか分かりますか?」

「それは……え～と、強い気持ちを持っているから」

「そうです。言い換えると、結婚というゴールポストを動かさないからです。ゴールが決まっていれば、そこへ行くまでの道筋も見えてきます。つまり、あとは条件闘争になるわけです。呑める条件と呑めない条件が自分でハッキリ分かっているから、先に進めるんです」

恵は一度言葉を切り、播戸が話の内容を理解しているかどうか確かめてから、再び口を開いた。

「漠然《ばくぜん》とした気持ちで婚活しても、成功は覚束《おぼつか》ないんです。漠然とした気持ちというのは『誰か好《よ》い人がいたら結婚したい』の類《たぐい》です。これは言葉を換えれば『恋愛したい』と言っているのと同じことです。出会いはお見合いでも、お互いにほのぼのとした気持ちが芽生えてゴールインする……。もしそんなことを期待しているのなら、甘すぎます」

播戸は神妙な顔で頷いた。

「仰《おっしゃ》ることはよく分かります。僕は見合いして交際期間に入った相手が何人かいましたが、彼女たちに恋愛感情を抱いたかと言えば、そうじゃなかったと思います。結婚して一緒に家庭を築いていけそうだと、そう思ったので結婚を申し込んだんです」

「それを聞いて安心しました」

恵は大袈裟《おおげさ》に溜息《ためいき》を漏《も》らした。

「これから殻付きホタテを焼きますが、味付けはお醬油《しょうゆ》とバター醬油、どっちがいいですか？」

「バター醬油！」

播戸はいささか大きすぎる声を出し、照れくさそうに微笑んだ。

恵はその目がマザー牧場で見たアルパカに似ていることに気がついた。すると生まれながらの善良な人柄が伝わってくるようで、改めてひと肌脱いであげたいと思うのだった。

「こんばんは」

そのとき、新しいお客さんが入ってきた。

邦南《ほうなん》テレビのプロデューサー江差清隆《えさしきよたか》で、後ろに続くのは沢口秀《さわぐちしゅう》だった。

「いらっしゃい。今日は新しい取材？」

「いや。しんみち通りの入り口でバッタリ会っちゃってね」

江差は播戸から二つ離れた席に腰を下ろし、秀はその隣に腰掛けた。

「沢口さん、結構この店気に入ってくれたみたいだね」

「はい。この前はお友達と二人で来て下さったんですよ」

江差はおしぼりで手を拭《ふ》きながら秀に言った。

「今日はおじさんが奢《おご》るから、何でも好きなもの頼んじゃって」

「そんな、結構ですよ。取材じゃないんだから」

「まあまあ、美女に奢るのは男の喜びだから、奪わないでよ。それに沢口さんはうちの姪《めい》っ子と同い年なんだ」

江差には甥《おい》も姪もいないはずだった。口から出任せを言ったのだろうが、本人に悪気はない。場の雰囲気を盛り上げたいという、持って生まれた調子の良さの表れだ。

「それじゃ、ご馳走になります」

秀は素直に厚意を受け取り、スパークリングワインを注文した。

江差の飄々《ひょうひょう》とした雰囲気は、男女を問わず相手の警戒心を解いて親近感を抱かせる。なんとも得な持ち味で、もし婚活を始めたら、苦労せずに相手が見つかるタイプだ。

「俺《おれ》も同じで。どうせなら瓶《びん》でもらうよ」

「今日はフランス産で、ヴーヴ・アンバル・クレマン・ド・ブルゴーニュっていう銘柄《めいがら》です」

「舌嚙みそうだな。もしかしてヴーヴ・クリコと同じ会社？」

「さあ……。酒屋さんが勧めてくれたんです。泡《あわ》がきめ細やかで、味も香りも良くて、料理全般と合わせやすいですよって」

「良いとこばっかりだな」

「それに、値段の割にレベル高いって」

「ま、餅は餅屋、酒は酒屋だ」

江差の軽口に秀は口元をほころばせている。

スパークリングワインをフルートグラスに注《つ》いで出すと、恵はワインクーラーに氷水を張って瓶を入れた。

殻付きホタテを焼き始めると、江差と秀の会話が自然と耳に入ってきた。

「特定班の活動で、何か進展はあった？」

「ロマンス詐欺《さぎ》の依頼が多いけど、普通の男女間のトラブルも入ってきてるの。この前、ある女性から、元カレに百万円持ち逃げされたので助けて欲しいってメッセージが来たわ」

「そりゃ、穏《おだ》やかじゃないな。そういうの、窃盗《せっとう》で警察に訴えた方がいいんじゃない？」

「相手に頼まれて百万円貸したら、突然連絡が取れなくなって、マンションも引っ越していて行方《ゆくえ》が分からないんですって」

「ふうん。それだと窃盗は難しいか」

「それに、民事不介入っていうの？　警察も男女間のトラブルには介入したがらないみたい。ストーカー行為とか暴力があれば別だけど」

「なるほどね。それで、どうなったの」

「もちろん、引き受けたわ」

「偉いね。でも、大丈夫？」

「手がかりはあるわ。彼女が元カレのツイッターの匿名《とくめい》アカウントを教えてくれたの。スマホをこっそり調べたときに確認したんですって。そのツイッターを調べたら、引越しをにおわせる投稿が並んでいたから、これなら探せるかも知れないと思って」

　恵はつい聞き耳を立てていた。探偵でもない秀がどんな方法で、雲を摑《つか》むような話から真実を突き止めるのか。

「まずはこれ」

　秀が自分のスマートフォンを取り出し、ツイッター画面を映した。全国チェーンの喫茶店の外観が映った写真が現れた。おそらく百店舗以上あるはずだ。

「各店舗の外観をネットで調べていけば、写真と同じ店が特定できるわ。そうしたら、別の投稿と照らし合わせて地域を絞《しぼ》り込むの。写真の他に動画も投稿されていて、そこには結構特徴のある道路が映ってるから、グーグルアースで検索して、喫茶店周辺の道路が特定できれば、あとは簡単……」

ホタテの殻が開き、汁が吹きこぼれた。恵はあわててガスの火を止め、ホタテに醬油を垂らしてバターを載せた。

「お待たせしました。どうぞ」

カウンター越しに皿を差し出すと、江差と秀もバターと醬油の匂《にお》いにつられてホタテを目で追った。そして播戸と目が合った江差は「あれ？」と小さく声を上げた。

「もしかして、浄治《じょうち》大学の播戸先生？」

「はい。え〜と、どこかでお目に掛かりましたか？」

江差はかしこまって頭を下げた。

「ご挨拶《あいさつ》が遅れてすみません。邦南テレビで『ニュースダイナー』を制作している江差清隆です。三年ほど前になりますか、先生にベンチャー企業について取材させていただいたことがあります」

「ああ、そういえば、その節はどうも」

「いいえ、こちらこそお世話になりました」

江差はもう一度頭を下げてから言った。

「先生、冷めないうちに、どうぞお召し上がり下さい」

「あ、どうも」

播戸はホタテに箸を伸ばしかけたが、再び江差の方に顔を向けた。

「実は、失礼とは思ったんですが、興味深いお話だったんで、つい漏れ承《うけたまわ》っていました。すみません」

「いや、別に国家機密じゃないですから。そうだよね、沢口さん」

「はい」

秀はすっかり恐縮して小さくなった播戸を見て、表情を和《やわ》らげた。

「失礼ですが、こちらの方は探偵さんですか？」

「彼女は所謂《いわゆる》『特定班』です。ロマンス詐欺被害を防止するために、ボランティアで活動しているんですよ」

江差は秀の活動について簡単に説明した。播戸はホタテを食べながら何度も目を丸くし、感嘆したように頷いた。

「……そうですか。若い女性が無報酬《むほうしゅう》でこんな意義のある活動をしているんですね。僕は、自分が恥ずかしい」

「先生、どうなさったんです？」

さすがに江差も戸惑いを露《あらわ》にした。播戸はチラリと恵の顔を見た。自分の代わりに説明して欲しいと頼んでいる目だった。

「播戸さんは、婚活を始める決心をなさったんです」

恵が言うと、江差は「なあんだ」という顔になった。

「それは良いことじゃありませんか。良き伴侶に恵まれた人生を送れたら、こんな幸せなことはありませんよ」

播戸は溜息を吐いた。

「僕はもういい年なのに、自分の伴侶を探すことさえ満足に出来ません。そして、いつだって自分のことで精一杯です。情けない話ですよ」

「そんなことありません。播戸さんは学問の世界で立派なお仕事をなさってるじゃありませんか」

恵は播戸の学者としての実績はまったく知らなかったが、つい言葉が口をついて出た。すると江差も援護射撃した。

「そうですよ。学者さんの中には自分の思い込みで事実と違うことを主張する方もいますが、先生はキチンとデータとエビデンスに基づいて、分かりやすくお話しして下さいました。だから私も印象に残ってるんです」

すると、秀が何かを振り切ったような顔で口を開いた。

「先生、買いかぶりです。私、別に立派じゃありません。前に自分もロマンス詐欺に引っかかりそうになって、それがきっかけで特定班の活動を始めたんです。だから動機は仕返しです。腹いせです。特定に成功して偽《にせ》アカをＳＮＳに晒《さら》してやると、ザマミロって気持ちになります」

播戸は気弱な微笑みを浮かべた。

「でも、あなたの活動のお陰で被害を免《まぬか》れた人が大勢いるんでしょう。本当に立派だと思いますよ」

心からそう思っているのが伝わる真摯《しんし》な口調だった。秀は照れくさそうに微笑んだ。

「江差さん、私、何だかこのお店に通うと〝好い人〟になれそうな気がする」

「そりゃ良かった。せいぜい贔屓《ひいき》にしてやって。俺もこの店がつぶれたら困るから」

江差はワインの瓶を取って秀のグラスに注ぎ足した。

「さて、お勧めは何を頼む？　ホタテのバター醬油焼きは決定だけど」

「長ネギのヴィネグレットと、ピーマンの焼売」

「ＯＫ。恵さん、あとはナスのおでんとイタリアン冷や奴ね」

「はい、かしこまりました」

冷蔵庫を開けようと振り返りざま、播戸が恵の視界に入った。その背後にオレンジ色の光が揺らめいていた。

こ、これは……!?

恵はじっと目を凝らした。まだ曙光《しょこう》だが、間違いなく恋の光の色だった。

播戸さんは、もしかして秀さんを好きに?

恵は無理に目を逸らし、料理に取りかかった。しかし、これから播戸の前途を覆うであろう暗雲を見た気がして、気持ちが重くなった。

播戸は多分、秀より十歳は年長だ。それだけでもハンデなのに、秀はクールビューティーで、今のところ播戸に男としての魅力を感じていないようだ。秀からはオレンジ色の光はまったく見えてこない。つまり、この恋は播戸の片思いで終わる可能性が高い。だが、秀に恋している播戸は、別の相手との婚活に身が入らないだろう。

この大事なときに、なんてことかしら。

播戸は婚活市場ではギリギリの年齢だ。片思いなんかしている時間はないのだ。振り向いてくれない相手に時間を費やすのではなく、可能性のある相手と交際を始めなければならないのだ。

ああ、それなのに……。どうして世の中って上手くいかないのかしら。


「こんばんは」

週明けの月曜日、めぐみ食堂に一番乗りしたのは織部豊と杏奈夫婦だった。

「いらっしゃい。お飲み物、何になさる？」

恵はおしぼりを手渡して尋ねた。

「ライムサワー。すっきり爽やかになりたい」

「私も」

注文を済ませると、二人は早速カウンターの上の大皿料理に目を移した。

「今日は左から、水ナスの海苔《のり》和え、カボチャのカレーロースト、ベーコンとチーズのコールスローサラダ、谷中生姜《やなかしょうが》、ニラ玉です」

恵はライムを搾《しぼ》りながら説明した。

「水ナスの海苔和えとこのカボチャ、新メニュー？」

「いかにも」

恵はライムサワーを二人の前に出し、大皿料理を取り分け始めた。

「雑誌で見て作ってみたの。水ナスって生で食べられるから、夏向きでしょ」

雑誌では海苔の佃煮《つくだに》を手作りしていたが、面倒なので市販の佃煮を昆布出汁《こんぶだし》でのばして使ってみた。それでも結構イケる味で、仕上げにコリアンダーを振りかけるのがミソだ。

「カボチャもね、雑誌ではクミンシードとコリアンダーシードって書いてあったんだけど、面倒臭《めんどうくさ》いからカレー粉使ったの。素人《しろうと》がスパイスひねくり回すより、カレー粉の方が美味しいんじゃないかって、最近思うのよね。上に振りかけたのは、ミックスナッツをすり鉢《ばち》で砕いて作った代用品」

杏奈が嬉しそうな笑い声を立てた。

「恵さん、主婦の味方」

「でも、恵さんは素人じゃないよ。長いことお店やってるんだし」

「ミシュランで星を獲るような店と比べたら、うちなんて完全に素人よ。普通の家のお母さんが作るような料理しか出してないもの」

「うちのお母さんは自家製のしめ鯖《さば》なんて作れないわよ。やっぱりプロはすごいわ。お金の取れる料理を作れるんだもん」

「杏奈さん、もうそれ以上褒《ほ》めないで。おまけしたくなるから」

恵の軽口に、杏奈も豊も小さく笑った。

「そうそう、日村一花《ひむらいちか》さん、その後如何《どう》？」

恵は臨月近い時期に挙式予定の一花のために、杏奈を通してマタニティ花嫁用のウエディングドレス店のことを伝えていた。

「そうそう、まずはそれを話そうと思ってたんだ。昨日、都内のホテルで開かれた試着会に行ってきたんですって」

「どうでした？」

「もうバッチリ！」

杏奈は両手で大きな丸を作った。

「すごく喜んでた。八着試着したんだけど、どれもすごくフィットして着心地が良くて、驚いたって。最終的に三着に絞り込んで決めたけど、全部借りたいくらいだったって」

「まあ、良かった」

「彼女、言ってた。自分はなるべくお腹の目立たないドレスを選んだけど、中にはわざとお腹が目立つドレスを選ぶ人もいて、ちょっと考えさせられたって。これからはマタニティ婚に対する考えも変わっていくんだろうなって」

恵は店主の木谷佐和《きたにさわ》が、「どんなタイミングでも、最高に美しい姿で式を挙げて欲しい」と言ったのを思い出した。

「これからは、マタニティ姿が美しいっていう評価が生まれるかも知れないわね」

「妊娠中のヌード写真を撮った女優さんがいるくらいだし、その日は近いかもね」

豊は困ったような顔で首を振った。

「僕はダメだなあ。なにも妊娠中にヌード写真撮らなくてもいいのにって思う方だから」

「あら、今日は珍しく価値観が合うわ。私も妊娠中にヌード写真は撮りたくない派」

杏奈がからかうような口調で言って、豊の肩を叩いた。

恵は「価値観」の言葉で、藤原海斗《ふじわらかいと》のＡＩ結婚相談所を連想した。すると思いは播戸の婚活へと流れていく。果たして播戸の婚活は……。

「今日のお勧め、何が良い？」

杏奈がホワイトボードに書かれた本日のお勧め料理に目を遣《や》った。

今日のメニューは、ホタテ（刺身またはカルパッチョ）、鮪《まぐろ》のニラ醤油漬け、生麩《なまふ》と燻製卵《くんせいたまご》の串揚《くしあ》げ、トウモロコシの天ぷら、殻付きホタテ焼きの六品だ。

「野菜はお通しで結構食べたから、タンパク質いきたいな。鮪のニラ醤油漬けって、初めてだよね」

「そうね。あと、生麩と燻製卵の串揚げ」

「トウモロコシと殻付きホタテ、どっちにする？」

「揚げ物は一品頼んだから、やっぱり焼物にしましょうよ」

「うん。恵さん、というわけで、鮪と串揚げと殻付きホタテね」

豊の声で、恵はハッと我に返った。

「はい、かしこまりました」

ニラ醤油は醤油とニラ、鷹《たか》の爪《つめ》、あれば出汁を混ぜてひと晩冷蔵庫で寝かせておけば完成する万能タレで、冷や奴、卵かけご飯、パスタ、炒め物など幅広く料理に使える。これで刺身用の鮪を和えると、鷹の爪のピリ辛《から》で、山葵《わさび》醤油とはひと味違った趣《おもむき》になる。

「十分くらい漬けておくと、ご飯のおかずにピッタリですよ」

恵は二人の前に皿を置いた。

「これは、日本酒が欲しいな」

「そうね。恵さん、何が良い？」

「開運《かいうん》は如何《いかが》ですか。万能型のお酒ですけど、静岡の酒蔵だから鮪繋がりで……」

「鮪って大間《おおま》じゃないの」

「静岡は冷凍鮪の水揚げ量が日本一なんですよ」

「へえ。知らなかった」

「それにしましょうよ。取り敢《あ》えず一合下さい」

恵が酒の支度《したく》をしていると、引き戸が開いて新しいお客さんが入ってきた。

「いらっしゃいませ」

新見圭介《にいみけいすけ》と浦辺佐那子《うらべさなこ》の事実婚カップルだった。その後ろから初めて見る男女が入ってきた。

「今日はお客さまをお連れしましたよ」

新見が後ろの男女を少し前に押すようにして紹介した。

「播戸先生と知り合いになる切っ掛けになったカップルです。播戸先生の教え子の間宮光太郎《まみやこうたろう》さんと、僕の教え子の沼田《ぬまた》……おっと失礼、今は間宮菫《すみれ》さんだった」

「これはまあ、ようこそいらっしゃいませ」

恵がお辞儀《じぎ》をすると、間宮夫婦も揃《そろ》って頭を下げた。

「どうぞ皆さん、お好きなお席へ」

四人は並んで腰を下ろした。新見と佐那子は織部夫婦とも顔見知りなので、軽く挨拶を交わしている。

「お飲み物は如何しましょうか？」

「私は決まり。先週いただいたフランスのスパークリングワイン、美味しかったわ。今日もあるかしら」

いつものように、まず佐那子が答えた。

「ヴーヴ・アンバル・クレマン・ド・ブルゴーニュですね。はい、ございます」

「それじゃ、僕も彼女に付き合おう。間宮さんたちも、最初の乾杯に如何ですか？」

「はい、いただきます」

光太郎が答え、菫は嬉しそうに頷いた。

間宮夫婦はどちらも三十そこそこに見える。菫はスタイルが良く上品な雰囲気で、まずは美人の部類に入る。一方の光太郎はぽっちゃりした体型で、身長は百七十センチに届かず、顔もイケメンとは言いがたい。しかし、二人が強い愛と信頼の絆《きずな》で結ばれていることは、二人の背後を彩《いろど》る鮮やかな光の輪が物語っていた。

いや、間宮夫婦だけではない。新見と佐那子も、杏奈と豊も、目を凝らせば光の輪で一つに繋がっているのが見える。これが夫婦の絆なのだと、恵はいつも胸を打たれる。自分が恵まれなかった幸せを目にする度《たび》に。

「このカウンターの上のお料理、お通し代わりなんですよ」

スパークリングワインの準備をしている恵に代わって、佐那子が解説してくれた。

「新見先生がご贔屓になさるだけあって、ステキなお店ですね」

菫は五品を盛り付けた皿を見下ろして、感心したように言った。

「恵さん、今日お二人をお連れしたのはね、間宮さんは外務省にお勤めで、明後日《あさって》から半月近く海外に出張するそうなんだ。それで、出発前に美味しい日本料理が食べたいって仰るんで、ここに」

「あら、うちでよろしかったんですか？」

恵はいささか忸怩《じくじ》たる思いだった。

「もっとちゃんとした和食のお店の方が……」

「いいえ、このお店で良かったです。私達、おでんが大好きなんです」

菫が夫を振り向くと、光太郎もニッコリ笑って頷いた。

「それに、二人とも堅苦しい店は苦手で」

「それを伺ってホッとしました。季節のお勧めメニューもございますから、よろしかったらどうぞ」

壁のホワイトボードを指し示してから、杏奈たちの注文した串揚げに取りかかった。

生麩は豊洲《とよす》の店で買い、燻製のウズラ卵は通販で取り寄せた。生麩の食感はまさに〝モチモチ〟で、グルテンの塊《かたまり》だ。揚げてもモチモチ感は損《そこ》なわれない。

卵はすでに味が付いているが、生麩は少し甘めの出汁で煮た。ミキサーにかけて細かくしたドライパン粉を付けて揚げると、とてもしゃれたおつまみになる。

油のはぜる軽快な音を聴きながら、恵は間宮夫婦が気になって、ついチラチラと見てしまった。

非イケメンの光太郎が菫のような美女と結婚できたのなら、播戸もそれなりの美人と結婚できるのではないか？　例えば秀のような……いや、やはり難しい。でも、秀と同じタイプの美人に出会える可能性はあるかも。

燻製卵も生麩もすでに火を通してあるので、衣がキツネ色になったら完成だ。油を切って懐紙《かいし》を敷いた皿に並べ、杏奈と豊の前に置いた。

「お熱いのでお気をつけて」

恵は再び間宮夫婦に視線を戻した。

「あのう、唐突で恐縮ですが、間宮さんご夫妻の出会いを伺ってもよろしいですか?」

光太郎と菫はグラスを手にしたまま、楽しそうに顔を見合わせた。

「平凡で、ガッカリしますよ」

「そう仰らずに、是非」

平凡な出会いで美女と非イケメンが結ばれるなら、播戸にも教えてやりたい。

「コンサート会場で、偶然席が隣だったんです。二人とも同じグループが好きで」

「アンコールの最中《さなか》、私、急に立ちくらみがして倒れちゃったんです。そしたら彼が親切に会場から連れ出して、係員を呼んでくれて」

「僕は係の人に引き継いで、そのまま帰ろうとしたんですが……」

菫はバッグに入れたはずのスマートフォンがないことに気づいて狼狽《ろうばい》した。倒れたときに落としてしまったのだ。

「彼、僕が探してきますって、会場に戻ってくれたんです。それで、本当に見つけてきてくれて。私、改めてお礼がしたいから連絡先を教えて下さいって頼んで、スマホのアドレス交換してもらいました」

そこから先は聞かなくても想像がついた。最初の出会いから順調に交際へ発展したのだろう。

「まあ、全然平凡じゃありませんよ。ドラマチックだわ」

佐那子が胸の前で両手を握りしめた。

「私達も、このくらいドラマチックなら良かったのに」

新見はただ苦笑している。

恵は殻付きのホタテを網に載せ、ガスの火を点《つ》けて杏奈に尋ねた。

「味付け、お醤油とバター醤油、どっちにしますか」

「私はバター醤油。豊さんは？」

「右に同じ。それで次のお酒、何が良いかな」

「鳳凰美田《ほうおうびでん》の純米吟醸《ぎんじょう》かしら。フルーティーな香りで味のバランスが良くて、貝類や甲殻類《こうかくるい》に合わせると、生臭《なまぐさ》みを消してお酒も旨味《うまみ》が増しますよって、酒屋さんの受け売り」

「じゃあ確かだよね。それ、二合」

その遣り取りを聞いていた新見たちも、食欲と呑み欲を刺激されたらしい。一斉に壁の本日のお勧めメニューを見た。

「私、ホタテのカルパッチョと串揚げ」

「僕も同じで。追加で殻付きホタテ焼き、バター醬油味で」

「僕達も新見先生と同じでお願いします。それと追加でトウモロコシの天ぷらも下さい」

「はい、かしこまりました」

それぞれの注文を整理しながら、恵はふと「コンサート会場で隣の席の美女が立ちくらみを起こすのと、宝くじに当たるのと、どっちの確率が高いんだろう」と考えた。


その夜も十時半を過ぎると、お客さんは一人二人と帰っていった。

十時四十五分に店仕舞《みせじま》いしようとカウンターを出かけたとき、播戸が入ってきた。

「すみません、遅くに」

「いいえ。何となく、今夜は播戸さんがいらっしゃるような気がしてたんです」

恵は播戸に席を勧め、店を出て立て看板の電源を抜き、「営業中」の札を「準備中」に裏返して暖簾を仕舞った。

「はい、もう貸し切りにしましたから、どうぞお気楽に」

恵はカウンターの中に戻り、おしぼりを手渡した。

「お飲み物は？」

「ハイボール下さい」

恵はハイボールを作りながら、目でカウンターの大皿を示した。

「ごめんなさい、全部売り切れ。おでん召し上がりますか？」

「はい。適当に見繕《みつくろ》って下さい」

恵は自分のグラスに鳳凰美田を注ぎ、播戸と乾杯した。

「実は、ご報告があります」

播戸は意を決したように次の言葉を口にした。

「僕は本日、ご推薦《すいせん》の結婚相談所に入会しました」

「まあ！」

恵はグラスを置いて播戸の目を見返した。

「そうですか。良かったわ。よく決心なさいましたね」

「はい。いつまでも夢や幻を追いかけているわけにはいきません。現実を見つめて、真摯な気持ちで婚活を始めます」

その言葉を聞いて、恵は安堵《あんど》の溜息を漏らした。

「そうですね。婚活で一番大切なのは、ご本人がしっかりした意志を持つことですよ。すべてはそこからです」

播戸はグラスを持ち上げ、ハイボールを一気に半分呑み干した。まるで自棄《やけ》を起こしているような感じで、恵は戸惑った。

「どうかなさいましたか？」

播戸は哀《かな》しげに目を逸らした。

「ママさんは不思議な力のある方だから、きっと分かりますよね。僕はここで会った、特定班の活動をしている女性に心惹かれました」

「……だと思いました」

「でも、さすがに分かっています。あの女性は僕なんか相手にしてくれない。彼女を想うのは時間の無駄《むだ》で、婚活の妨げだって」

恵は「そんなことありません」と言ってやれないのが辛《つら》かった。

ふと、間宮光太郎と菫夫婦のことが頭をよぎった。確かに、世の中にはああいうカップルもいる。だが、あれは特殊な例外だ。例外を持ち出して物事を推《お》し進めるのは間違っている。

「その通りです」

恵は心を鬼にした。ここで甘いことを言ったら、播戸は確実に不幸になる。

「播戸さんには婚活のタイムリミットが迫っています。よそ見をしている暇はありません。結婚に向かって、共に歩んでくれる女性を見つけましょう」

「はい」

播戸はもう一度グラスを手に取り、ハイボールを呑み干した。

グラスを置いた播戸の目が潤《うる》んでいるのを見て、恵は胸が痛んだ。まるで自分が播戸を傷つけたような気がして、やりきれなかった。

しかし、ここで引くわけにはいかない。婚活で負った傷は、婚姻で癒《い》やすことが一番なのだから。

恵はそっと目を閉じて、播戸の背中に灯《とも》る光が輪になって、未来の伴侶《はんりょ》と一つに繋がるようにと祈っていた。

四皿目

焦《あせ》る茹《ゆ》でダコ

暦が八月に変わると夏も真っ盛りだ。夜明けと共に湿《しめ》った熱気が街に広がり、太陽が中天に昇るのと一緒に気温も上昇し、日が傾くまで下がらない。しかし夕方になっても、道路のアスファルトが日中に蓄えた熱を吐き出すので、一向に涼しくはならない。

そんな都会の夏を何度迎えたことか……、玉坂恵《たまさかめぐみ》は頭の隅《すみ》でチラリと考えながら、店を開けた。

冷房の効《き》いた店内から表に出て、暖簾《のれん》を掛け、立て看板の電源を入れる。それだけで路地の熱気をもわりと浴びて、汗ばみそうになる。細い路地の両側に飲食店が軒を連ねるしんみち通りは、エアコンの室外機の放出する熱気が、温かい風になって吹き抜ける。

恵は入り口に掛けた「準備中」の札を「営業中」に裏返し、店に入った。

今日は八月に入って最初の金曜日だ。おでん屋の苦手とする真夏ではあるが、大入りは無理でも小入りくらいにはなってくれるように、さっと手を合わせて心の中でお祈りした。

カウンターの大皿料理はお客さんの到来を待っている。今日は新作もデビューした。

まずはタコとアボカドのスペイン風炒《いた》め。オリーブオイルで具材を炒め、塩・胡《こ》椒《しょう》、ニンニクで味付けして、仕上げにパプリカパウダーを振る。タパスの定番に安売りで買ったアボカドをプラスしてみた。火を通したアボカドの味は〝森のバター〟と呼ばれる所以《ゆえん》がよく分かる。

次がキュウリとオイルサーディンのエスニック和《あ》え。火を使わない簡単な台湾屋台料理だが、香辣醤《シャンラージャン》という調味料が決め手になる。香辣醤は豆板醤《トウバンジャン》をベースに花《か》椒《しょう》、八角《はっかく》、ゴマなどの香辛料をブレンドした調味料で、恵は台湾の物産を扱っているコレド室町《むろまち》テラスの「誠品生活《せいひんせいかつ》日本橋」で買ってきた。

キュウリとオイルサーディンの組み合わせが、香辣醤の複雑な旨味《うまみ》の力を得て、別次元の味へと飛翔《ひしょう》する。

そしてナスとキノコの揚げ浸《びた》し。いつもの出汁《だし》にポン酢を加え、夏向きのサッパリした味にした。

あとの二品は卵焼きと枝豆。一応、和・洋・中を網羅《もうら》している。

時刻が六時を十分過ぎたとき、引き戸が開いて播戸慶喜《ばんどよしのぶ》が入ってきた。

「いらっしゃいませ」

「今日も暑いね」

播戸は恵の正面の椅子《いす》に腰を下ろし、渡されたおしぼりで顔と首筋を拭《ぬぐ》った。

「ライムサワー下さい。夏はあれが一番だ」

恵はライムを搾《しぼ》りながら、今日の大皿料理を紹介した。

「今日は新作を三品出したんです。来て下さって嬉《うれ》しいわ」

播戸はグラスを受け取ると、一気に三口ほど呑《の》んで「プハ～！」と声を漏《も》らした。

「一番のお勧めはどれ？」

「キュウリとオイルサーディンのエスニック和えかしら。多分、今まで食べたことのない味」

恵は皿に大皿料理を取り分けた。ナスとキノコの揚げ浸しは汁があるので器を別にした。

播戸はエスニック和えをひと箸《はし》つまんで、大きく頷《うなず》いた。

「美味《うま》いな。それとこの味……前にどこかで」

何かを思い出そうとするように宙を見つめた。

「え～と。そうだ、池袋の町中華の麻婆《マーボー》豆腐」

「香辣醤は色々な料理に使えるの。豆板醤がベースだから、麻婆豆腐にも合うんです」

播戸は箸を置いて、小さく咳払《せきばら》いをした。

「ママさん、婚活の件ですが、いよいよ一対一で会うことになりました」

「まあ！」

恵は思わず声を高くした。

「おめでとうございます！　良かったですね」

「いや、まだ何も。会うだけだから」

「それだって進歩ですよ。会ってみないことには何も始まりませんから」

播戸は藤原海斗《ふじわらかいと》の経営する結婚相談所に入会してから、AIによる診断を受け、オンライン婚活を始めた。これまでAIは「価値観が近い」と判断した女性を何人か紹介してくれたが、まだ対面形式の面談に進んだ相手はいなかったのだ。

それでも播戸は「前の結婚相談所より良心的だと思う」と言った。紹介された女性はみな結婚を真面目《まじめ》に考えていて、話もしやすかった。多分、価値観が近いせいだろう、と。

「それで、お相手はどんな方ですか？」

「三十五歳で介護の仕事をしている人です。先週仲人《なこうど》さん立ち会いの下、Ｚｏｏｍ

でオンライン見合いをしました。そのときの感触が良かったんで、僕も期待はしていたんですが。そしたら向こうも対面形式で会いたいと希望してくれて、日曜日、会うことに……」

仲人もＺｏｏｍでお見合いに参加するのは、初対面の男女二人では会話に行き詰まるおそれがあるからで、互いにある程度打ち解けた段階で仲人は退出するという。その点は「あとはお二人でどうぞ」と促《うなが》すリアルのお見合いと同じだった。

「彼女、鳴海由子《なるみゆうこ》さんというんですが、ツーリングが趣味なんです。女性には珍しいんでびっくりでした。一緒にツーリングに行きませんかって訊《き》いたら、良いですねって乗り気になってくれて……」

「まあ、幸先《さいさき》が良いじゃありませんか。共通の趣味があるって、大事ですよ」

恵は軽い興奮で胸が高鳴った。これでいよいよ播戸の婚活も第二段階に入った。一対一の面談から交際に発展してくれたら……。

「ライムサワー、お代わり。え〜と、お勧め料理は何にしようかな」

播戸はのんびりした声で言い、壁のホワイトボードを眺《なが》めた。

本日のお勧め料理は、タコとホタテ（刺身またはカルパッチョ）、カジキマグロの和風ステーキ、シシトウ焼き、トウモロコシの天ぷら、ズッキーニの冷製ポタージユ。

「ズッキーニって、ポタージュになるの？」

「野菜は大体何でもポタージュに出来ますよ。冬になったらカリフラワーのポタージュを作ろうと思うんです」

「それじゃ、まずはズッキーニのポタージュ下さい。それとタコとホタテをカルパッチョで。あとはシシトウ焼き」

そして、ちょっぴり恨《うら》めしそうな顔で付け足した。

「僕はトウモロコシが大好物なんだけど、栄養士さんから止められてるんだ。糖分が多いから絶対に食べるなって」

「トウモロコシ、甘いですもんね」

「豆は大豆《だいず》以外食べるなって。あ、だから枝豆はＯＫ。大豆だから」

「厳しいですねえ、糖質制限って」

「それと、牛乳も乳糖があるから豆乳にしろって言われて、それだけは勘弁《かんべん》してもらった。コーヒーに豆乳入れるの、やだよね」

そこで恵はハッと気がついた。

「播戸さん、ご忠告。鳴海さんとお食事することがあったら、そのときだけは糖質制限を解除して下さいね。彼女と同じものを、楽しそうに、美味《おい》しそうに食べるんですよ。一緒に食事する相手が『あれは食べられない、これも食べられない』なんて言ったら、それだけでイヤ〜な気持ちになりますからね」

「はい。気をつけます」

播戸は神妙な顔で頷いた。

「こんにちは」

引き戸が開いて、お客さんが入ってきた。間宮光太郎《まみやこうたろう》と菫《すみれ》のカップルだった。

「先生！」

「間宮くん、久しぶり。奥さんも、御無沙汰《ごぶさた》してます」

菫は丁寧《ていねい》に頭を下げてから、播戸と恵の顔を見比べた。

「新見《にいみ》先生だけでなく、播戸先生もこのお店のご常連だったなんて、ちょっと驚きです」

「新見先生の方がずっと先輩ですよ。僕は五月に初めてこの店に来て、それから通うようになったんで」

「僕達は先月、新見先生に連れてきていただいて、今日で二回目です」

「リピートしていただいて、ありがとうございます」

恵は礼を言いながら席に着いた間宮夫婦におしぼりを手渡し、飲み物の注文を尋ねた。

「そうだなあ……何にする？」

「この前いただいたスパークリングワインは？　あれ、すごく美味しかったわ」

「そうだね。ママさん、同じものあります？」

「はい。グラスでよろしいですか？」

光太郎が問いかけるように振り向くと、菫は即座に頷いた。恵は冷蔵庫からヴーヴ・アンバル・クレマン・ド・ブルゴーニュの瓶《びん》を取り出した。

「この店に来たのは、米国出張の前だったんです。帰国したらまた行きたいと思って」

「半月も日本を離れてて、一昨日《おととい》、帰国したばかりなんです」

光太郎と菫は交互に播戸に説明した。

「米国はどこに？」

「ニューヨークとロサンジェルスに、ちょうど一週間ずつ。和食が恋しくなりました」

「ニューヨークとロスなら、日本料理店も結構あるんじゃないの？」

「超の付く高級料理店とラーメン屋、それとスシバーはあるんです。でも、こういう感じの家庭料理の店ってないんですよね。たまにそれっぽい店があっても、日本人の経営じゃなくて、それこそ〝妄想《もうそう》日本料理〟みたいなのが出てきたり」

「普段はそれほど和食党でもないのに、変よね」

菫がからかうように言った。

「まあ、向こうにいる間は、朝はスタバ、昼はデリでサンドイッチを買って食べてたけどね。しかしレストランで外食となると、とにかく高いんですよ。東京なら千円で食べられるようなランチが三千円近くするんです。まして夕食となると、もうお手上げ」

光太郎は両手を肩の高さに上げた。多少は誇張もあるだろうが、ニューヨークは物価が高いというのはよく聞く話だ。

「このキュウリのエスニック和え、美味いなあ」

光太郎が感嘆の声を上げた。

「あなた、これ、和食じゃなくてエスニックよ」

「いいの。美味いものは美味い。アメリカの料理って、概して大味なんだよね」

「それじゃ、再来週は期待できるんじゃない。福岡でしょ」

「無理、無理。仕事だからね。所詮《しょせん》メシは二の次」

恵はガラスのカップにズッキーニの冷製ポタージュを注《そそ》いで、播戸の前に置いた。仕上げに生クリームを垂らしてある。

「……贅沢《ぜいたく》な味だ」

ひと口飲んで、播戸はうっとりと目を閉じた。光太郎はカップを見て恵に訊いた。

「きれいな色ですね。何のスープですか」

「ズッキーニの冷製ポタージュです。皮を剝《む》かないで作ると薄い緑色で、皮を剝いて作ると黄色っぽくなるんですよ」

「へえ」

「本日のお勧め料理に書いてある」

菫が壁のホワイトボードを指さした。つられて顔を向けた光太郎が、目を輝かせた。

「美味しそうなものばっかりだ。僕、刺身とトウモロコシの天ぷら、それとシシトウ焼き。もちろん、冷製ポタージュも」

「お刺身のときは日本酒にする？」

「もちろん。ママさん、日本酒、お勧めはありますか」

「杉錦《すぎにしき》の純米吟醸《ぎんじょう》は如何《いかが》でしょう。静岡の小さな蔵元さんのお酒なのであまり出回っていないらしいですが、優しい口当たりで喉《のど》ごしが良くて、とても上等なお酒だって、酒屋さんが言ってました」

「じゃあ、それだね」

光太郎が隣を見ると、菫も頷いていた。

「次はタコとホタテのカルパッチョです」

「これもまた、きれいだね」

播戸がガラスの皿を見て感想を漏らした。

今日のカルパッチョはプチトマトとパセリのみじん切りを全体に散らし、赤と緑で鮮やかに飾り付けてある。

播戸はタコを口に運び、ライムサワーをひと口呑んだ。

「本当は僕も日本酒を頼みたいんだが、仕方ない」

「先生、どうかなさったんですか？」

「播戸さんは糖質制限ダイエットに挑戦中なんです」

恵が代わりに答えると、光太郎と菫は訝《いぶか》しげに顔を見合わせた。

「先生、全然太ってませんよ。どうしてました……」

「いや、今の時点ですでに三キロ減量に成功したんだよ。増えたのは五キロだから、あと二キロだ」

「食べもの減らして、身体《からだ》に悪くないですか？」

「食べる量は減らしてないんだ。主食と糖質の多い食品を避けてるだけで、タンパク質とミネラルは十分摂《と》っている。だからこの店でもよく食べるよね？」

最後の言葉は恵に向けられた。

「はい。しっかり召し上がっています。だから私も安心してるんです。それに、前より少しお顔の色艶《いろつや》が良くなったような……」

「そうなんだよ」

播戸はいささか得意そうに言った。

「流行病《はやりやまい》以来、どこでも手指のアルコール消毒を求められるようになっただろう。そのせいか夏でも少し指先がかさついて、ハンドクリームが手放せなかったんだが、近頃はあんまり気にならなくなった。やっぱりタンパク質とオメガ3のオイルの効果だと思う」

播戸と間宮夫婦が栄養素についてあれこれ会話している間に、恵は二組分のシシトウを焼いた。次は間宮夫婦に刺身を出し、最後はトウモロコシの天ぷらを揚げて、お勧め料理の調理は完了する。

頃合いを見計らってタコとホタテの刺身を盛り付け、杉錦のデカンタにグラスを添えて、光太郎と菫の前に置いた。二人は同時に箸を伸ばし、タコの刺身を口に運び、杉錦のグラスを傾けた。

「このタコ、美味しいね」

「豊洲《とよす》のタコ専門店で買ってきました」

「タコの専門店なんてあるの?」

「一軒だけ」

大政本店《だいまさ》という大正十一(一九二二)年創業の店だ。厳選された素材を仕入れ、塩揉《しおも》み、釜茹《かまゆ》でという手間暇かけた製法を守っている。

「ママさんは活ダコと茹でダコ、どっちが好き?」

恵はトウモロコシに包丁を入れながら答えた。

「最初に活ダコを食べたときは、食感が茹でダコと全然違うので驚いて、刺身は絶対、活ダコでした。でも最近、茹でダコに戻りましたね。活ダコは食感だけで、味は茹でた方が……」

「分かる。僕も茹でダコ派だから」

「河岸《かし》の人が言ってました。外側に火が通って、真ん中が少しレアな、ゼラチン質が残るくらいに茹でたタコが一番美味しいって」

トウモロコシの粒に天ぷら粉を絡《から》ませて油鍋《あぶらなべ》に入れると、パチパチと穏《おだ》やかな音がする。播戸が羨《うらや》ましそうな顔をした。

「播戸さん、おでんにしましょうか？」

「そうだね。まずお宅の三種の神器、牛スジ・葱鮪《ねぎま》・つみれをもらおうかな」

「はい、かしこまりました」

おでんを皿に取り分けて出すと、トウモロコシを鍋から上げて網に載せ、油を切った。

「お待ちどうさまでした」

光太郎と菫の前に皿を置いたときだった。

恵は一瞬自分の目を疑った。夫婦を結ぶ光の輪に切れ目が入っているのが見えたからだ。

どうして？

じっと目を凝《こ》らして見つめたが、間違いではなかった。視力検査の黒い輪のように、一ヶ所切れ目がある。しかも、光太郎の背後にうっすらと靄《もや》がかかっているのが見える。もしかしたら、何かよくないことが起こる前兆かも知れない。

だが、それが何なのか見当もつかない。恵の見るところ、光太郎と菫夫婦の愛情と信頼は揺るぎない。どちらかが相手に不実なことをするとは思えなかった。

もし、昔みたいな大きな力があれば……。

しかし、恵は途中でその考えを捨てた。自分はもう昔の自分ではない。新しく授かった力は小さく儚《はかな》いものだ。それで分からないことは如何《いかん》ともしがたい。

その代わり、今の自分にはおでん屋の女将《おかみ》として生きてきた人生経験がある。その二つを合わせて、間宮夫婦に降りかかるかも知れない災難を、回避させることが出来ないだろうか。いや、何としても回避させるのだ。

こんな素晴らしいカップルを不幸にしてはいけない。

恵は自分に言い聞かせた。すると、やっと気持ちが落ち着いて、余裕が生まれた。

「ライムサワー、お代わり下さい」

播戸が空《から》になったグラスを上げた。

「はい、ただいま」

答える声は、完全に平常心を取り戻していた。

その夜、十時を回った頃、江差清隆《えさしきよたか》が来店した。カウンターには先客が五人いたが、三十分後にはみな帰っていった。

「ちょっと待ってね」

恵はカウンターを出て店の外に行き、立て看板の電源を抜いて〝貸し切り〟状態にして戻ってきた。

「奢《おご》るよ。何か呑んだら?」

江差は当然のような顔で勧めた。

「スパークリングワイン、いただくわ。残り物があるの」

恵は半分残ったヴーヴ・アンバル・クレマン・ド・ブルゴーニュの瓶を出した。

「では、いただきます」

生ビールのジョッキにフルートグラスをカチンと合わせ、恵は続けて二口呑んだ。喉を滑《すべ》る液体は冷たく爽《さわ》やかで、気分が清々《せいせい》するようだ。

「ところで播戸先生の婚活、その後どう?」

「進展しました。藤原さんの経営するＡＩ婚活の相談所に入会して、オンラインお見合いの後、一対一でのリアルお見合いに漕《こ》ぎ着けました」

「そりゃ良かった」

江差は空になったジョッキを置いた。

「俺《おれ》もそっちのスパークリングにするわ」

恵のグラスを指さし、腑《ふ》に落ちない顔をした。

「それにしても、播戸先生が今まで結婚してないってのも、おかしな話だよな」

「そうね。イケメンとは言えないけど、条件は悪くないわよ。一流私大の教授で、年収一千万円以上だし」

恵は再びスパークリングワインで喉を湿し、言葉を続けた。

「私が思うに、若い頃婚活しなかったのが一番の原因ね。三十代前半なら、すぐに相手は見つかったと思う。四十半ばまでこじらせたから苦労するのよ」

「しかしその分、若い頃より収入と社会的地位は上がってるわけだろ。それはアドバンテージにならないの？」

「最初に入会した結婚相談所が合わなかったのよ。婚活パーティー中心だったみたい。パーティー形式だと、どうしても外見のパッとしない人は不利なのよね」

「ふうん。俺はてっきり、結婚相談所に入会するような女性は、外見は二の次で条件重視だと思ってた」

「まあね。あと、本人の問題もあるわ。今までは播戸さんに『絶対に結婚する！』っていう強い意志がなかったのよ。それもよくなかったのね」

恵は光太郎と菫のカップルを思い浮かべた。やはり二人が結婚に至ったのは、若さが追い風になったからだと思う。年齢が三十そこそこでなく四十そこそこだったら、結婚に進めたかどうか疑わしい。いや、それ以前に、菫が四十まで独身ということはあるまいから、そもそもこの仮定は成立しない。

「でも、これからは違うわ。播戸さん、結婚するって決心したから。きっと上手《うま》くいく。私も一生懸命、応援するわ」

「今回は随分と前のめりじゃない」

江差は少しからかうような口調になった。

「これまでは、最初の一歩を踏み出せない男女の背中をそっと押してあげるって感じだったのに、播戸先生に限って、首に縄を付けて結婚に引っ張っていこうとしている」

恵は一瞬虚を衝《つ》かれた思いがして、いささか狼狽《うろた》えた。

「……そんなつもりじゃないわ。ただ、私が勧めて結婚相談所に入会されたわけだから、責任感じてるの。もし今回も結婚できなかったら、まるで私が播戸さんを不幸にしたみたいじゃない」

江差は人差し指を立て、メトロノームのように左右に振った。

「そこが大間違い。別に結婚だけが人生の幸福じゃないでしょう。現に俺は売れ残りだけど、人生楽しいよ」

「あなたは好きで独身でいるだけで、結婚したいのに出来ないわけじゃないでしょ。播戸さんは一度婚活に失敗して、敗北感に苛《さいな》まれてるの。それを払拭《ふっしょく》するには、婚活を成功させて幸せな結婚をするしかないのよ」

それに、江差は民放キー局の看板番組のプロデューサーだ。仕事にも交友関係にも恵まれている。播戸の惨《みじ》めな気持ちは分からないのかも知れない。

江差は水晶玉《すいしょうだま》を見るようにフルートグラスに目を凝らした。

「当てずっぽうだけど、先生、クールビューティーの沢口秀《さわぐちしゅう》に気があると思わない？」

「当たり」

「マジで？」

「本人がそう言った」

「俺、本気で占いやろうかな」

ニヤリと笑ってスパークリングワインを呑み干すと、江差は少し真面目な顔になった。

「でも、それならリアル見合いはよくないいんじゃないの。気持ちは別の女性にあるんだし」

「江差さん、あなた本気で、播戸さんが沢口さんと結婚できると思う?」

さすがに江差は嘆息《たんそく》した。

「……難しいかもね」

「でしょ。だったら片思いなんかしてる暇はないの。播戸さんはすでに四十五歳。婚活の有効期限ギリギリよ。少しでも可能性のある女性とお見合いして、結婚を目指すのみよ」

「夢がないなあ」

「人間は夢じゃ幸せになれないの」

「必要なのは勇気と想像力、そして少しのお金……」

江差はチャップリンの言葉を引用したが、正しくは前段に「人生に」が付く。

「希望が少しずつ実現していくこと……じゃないかしら。上手く言えないけど」

占い師として人気者になってからの日々は、魔法の絨毯《じゅうたん》に乗って空を飛んでいたようなもので、幸せを実感していなかった。しみじみと幸せを感じるようになったのは、おでん屋を始めて、日々努力と工夫を積み重ねてゆくうちに、徐々にお客さんが増え、その人たちが常連になってくれたときだった。

「恋愛と結婚は違うから、最初からラブラブってわけにはいかないでしょう。でもお互いが協力し合って、一つ一つ問題を解決していくうちに、恋愛感情とは別の情愛が生まれるんじゃないかって、そう思うの」

「……大変だな。長い道のりで」

江差は気の毒そうに眉《まゆ》をひそめた。

「そうね。でも、仕方ないのよ。結婚は一大事業だもの」

自戒を込めて恵は言った。自分には成し遂げられなかった事業だが、播戸には頑張って欲しいと、心から願っていた。

週明けの月曜日、店を開けると早々に播戸が入ってきた。前日の日曜日にリアルお見合いをしたばかりだ。

「いらっしゃい。お見合い、どうでした?」

恵は昨日から結果を知りたくてウズウズしていた。

「うん。感じの良い人だった」

播戸は渡されたおしぼりで顔を拭《ふ》くと、ライムサワーを注文した。

「昨日は午後、ホテルのラウンジで待ち合わせてお茶を飲んで話をした。それで、来週の土曜日に夕食でも……って話になった」

「まあ！　良かった。おめでとうございます」

「まだ早いよ。ご飯食べるだけなんだから」

播戸は少し照れくさそうだったが、明らかに喜んでいた。

「それで、来週の土曜日に彼女をここへ連れてこようと思うんだ」

「うちへ？」

鳴海由子という女性をこの目で見られるのは願ってもないことだった。しかし恵は、逸《はや》る気持ちを抑え込んだ。

「最初のデートでしょう。もうちょっと気の利《き》いたお店の方がよくないですか？」

「いや、彼女にもこの店のことは話してある。とても興味を持って、是非ご一緒したいと言っていたよ」

「それは播戸さんに気を遣《つか》って、合わせただけかも」

「そんなことないよ。鳴海さんは居酒屋が好きなんだって。だからきっと気に入ると思う」

播戸はライムサワーをひと口呑んだ。

「それに、前の婚活ではやたら高級レストランに行きたがる女性たちに、ハッキリ言ってカモにされた。だからもう、ああいう類《たぐい》の女性とは付き合いたくないんだ」

にわかに表情が曇るのを見て、恵は播戸の心の傷がまだ癒《い》えていないことを痛感した。

「そうですか。うちみたいな店を選んで下さって嬉しいわ。来週の土曜日は鳴海さんのために、一生懸命美味しいものを用意しますから、楽しみにして下さいね」

そう言って恵が微笑《ほほえ》むと、播戸も表情を和《やわ》らげ、大きく頷いた。

いよいよ運命の日がやってきた。

恵は朝からソワソワしていた。まるで「息子が結婚相手を連れてくるのを待っている母親の心境みたい」だと思い、次の瞬間には「いや、あわてるな。まだ鳴海さんと結婚すると決まったわけじゃないんだから」と思い直した。

準備万端整っているか、店内を見渡してチェックする。

掃除は念入りに済ませたし、一輪挿《ざ》しに花も飾った。予約席には箸置きと割箸、コースターをセットしてある。

今日の大皿料理は、新作のインゲンの搾菜《ザーサイ》炒め、トマトと卵のバジル炒め、夏野菜とクリームチーズの白出汁ジュレ。それに水ナスの海苔《のり》和えとズッキーニの肉詰め出汁餡《あん》かけ。

本日のお勧め料理は、タコとスズキ（刺身またはカルパッチョ）、殻《から》付《つ》きホタテ焼き、ピーマン焼売《しゅうまい》、ズッキーニの冷製ポタージュ。

そしておでんの目玉は牛タンだ。今月、子供達を遊びに連れて行ったお礼に真《しん》行寺《ぎょうじ》巧《たくみ》が届けてくれた牛タンは、高級黒毛和牛で、目玉が飛び出るほど高い。恵はそれをおでんの汁で煮て、リーズナブルな値段でお客さんに出している。だから牛タンを出す日は売り切れごめんなのだが、今週は播戸と鳴海由子のために、一部を取り置きしておいたのだった。

六時を十分ほど過ぎた頃、播戸が由子を案内して店にやってきた。

「いらっしゃいませ！　どうぞ、こちらに」

恵は予約席を指し示した。

「こちらが鳴海由子さんです。鳴海さん、お店の経営者の玉坂恵さんです。僕はこのママさんに勧められて、今の相談所に入会したんです」

紹介が終わると、恵も由子も丁寧にお辞儀《じぎ》をして挨拶《あいさつ》を交わした。由子は席に着くと、興味深げに店内を見回した。

「播戸さんが話してくれた通りのお店ですね。清潔感があって、アットホームで」

「それに、料理も美味しいんですよ」

「カウンターの上の料理が、お通しなんですね」

由子は首を伸ばして大皿料理を眺めた。

「どれも美味しそう。それに、彩《いろど》りもきれい」

「お褒《ほ》めいただいてありがとうございます。まず、お飲み物は何になさいますか？」

播戸が問いかけるように由子の顔を見た。

「あのう、それじゃ、私は生ビールの中ジョッキをいただきます。播戸さんは？」

「僕は今ライムサワーにハマってるんで、いつものやつ」

播戸は普段よりちょっぴり〝常連感〟を漂《ただよ》わせた。由子の手前いいカッコをしたいのだろう。恵は微笑ましい気持ちになった。

由子は身長百六十センチくらいで、骨組みのしっかりした体型だった。セミロングの髪を一つに束《たば》ね、すっきりしたブルーのワンピースに同色のミュールを合わせている。大袈裟《おおげさ》すぎないように気を遣いつつ、精一杯おしゃれした様子が見て取れて、恵は好感を抱いた。

顔は美人とは言えないが、穏やかで真面目そうだった。伴侶《はんりょ》とするには決して悪い相手ではない。

「これ、すごく美味しい。ビールにめちゃ合いますね」

インゲンの搾菜炒めを口にして、由子が驚いたように言った。

「搾菜とネギと生姜《しょうが》、ですか？」

「はい。他に削り節とゴマをちょっと。ご飯のおかずにも合いますよ」

由子は卵のバジル炒めをつまんで、感心した顔になった。

「中華のトマト炒めは食べたことあるけど、バジルが入ってるのは初めてです。新鮮だわ」

「雑誌で見て美味しそうだったから、作ってみました」

「ジュレがけも夏向きですね。見た目もカラフルで」

「それは一番簡単ですよ。お出汁をゼラチンで固めて、野菜と混ぜるだけですから」

「今度作ってみようかな」

由子が呟《つぶや》くと、播戸が尋ねた。

「鳴海さんは、料理が得意なんですね」

「はい。食いしん坊なんで、作って食べるのが好きなんです」

「何が一番得意ですか？」

「餃子《ぎょうざ》です」

由子は即答した。

「餃子ですか？」

播戸が少し意外そうに問い返した。

「小学校二年になったとき父が病気になって、うち、貧乏でした。あの頃、何故《なぜ》だかクラスの女子の間でお誕生会が流行《はや》ったんです。私も仲良しの子たちに招待されました。でも、お誕生会に招かれたら、こっちも招待し返さないといけないでしょ。そんな余裕ないのは分かってたから、招待されても断るしかないと思ったんです。でも、母は大丈夫だから行ってらっしゃいって……」

由子は十二月生まれだった。それまで何人かの同級生の誕生会に招待されて、いよいよ由子の番が来た。自分も誕生会を開けるかどうか、不安な気持ちで母に尋ねた。すると母はニッコリ笑って「もちろん、大丈夫よ」と答えた。

「それでも私は正直、憂鬱《ゆううつ》でした。同級生の中にはお金持ちの子もいて、お店に特別注文したローストチキンやデコレーションケーキを出してくれたこともあったんです。そういう豪華な誕生会と比べられたら、うちはさぞかしみすぼらしいだろうなって……」

誕生日に同級生が家にやってくると、母は「餃子パーティーを開きましょう」と提案した。そして母の指導の下、女の子たちは用意された具材を調理し、餃子の皮で包んだ。それから焼き餃子、蒸し餃子、水餃子、スープ餃子と、バリエーション豊かな餃子をこしらえて、みんなでにぎやかに食べたのだった。

由子の同級生たちは、初めて自分で調理をし、なおかつ自分の作った料理を食べた。それは女の子にはとても楽しく、興味深い体験だった。誕生会は大成功のうちに幕を閉じた。

「卒業してクラス会で会ったとき、彼女たちに言われました。あなたの家の誕生会が、一番楽しかったって」

恵は由子の話に心を打たれた。由子の母は貧乏を恥とせず、知恵と工夫で子供達の心を摑《つか》んだ。由子もその母の姿を誇りに思い、貧乏を恥じる気持ちを払拭したことだろう。そのような母と子の絆《きずな》を体得している由子なら、きっと将来、自分の子供とも良好な関係を構築できるに違いない。

　播戸を見ると、明らかに感動していた。

「すごく、良いお話ですね。うちの学生たちにも聞かせたいくらいだ」

　由子は恥ずかしそうに首を振った。

「きっとそんなわけで、餃子が好きになったんです。だから結構あちこちのお店を食べ歩いて、お気に入りの餃子マップを作ってるんですよ」

「どの店がベストですか？」

「まだまだ発展途上なんです。東京だけでも行ってないお店がいっぱいあって。餃子で有名な宇都宮と浜松もまだだし、関西とか九州にも良いお店があるみたいで……」

　播戸と由子は餃子談義に花を咲かせていた。

「私、結婚したらお休みの日に餃子をいっぱい作って、両方のお友達を招いてワイワイ言いながら食べるのが夢なんです」

　恵はますます由子に好感を抱いた。なんと家庭的で慎《つつ》ましい女性だろう。こういう女性を伴侶として暮らせば、きっと播戸は幸せになれるはずだ……。

　播戸と由子のお通しの皿はほとんど空になり、どちらの飲み物も残り少なくなっていた。

「お二人とも、次の飲み物は何になさいますか？」

「そうだなあ。まず、料理を決めてからにしましょうか」

播戸は由子を促すようにして、壁のホワイトボードを振り向いた。

「本日のお勧め料理、リクエストはありませんか？」

「……ええと」

由子は真剣な眼差《まなざ》しで品書きを見つめた。

「殻付きのホタテ焼きと、ズッキーニの冷製ポタージュ、いただきたいです。それと、ピーマンの焼売って、どういう？」

「焼売の皮の代わりにピーマンに具材を詰めて、レンチンしました。ヘルシーで美味しいですよ」

「僕も食べたことありますけど、ホントに美味しいですよ。生姜風味でね」

「じゃあ、それも良いですか？」

「もちろん。せっかくだからタコとスズキも食べませんか？　ここのママさん、刺身とカルパッチョ、ハーフアンドハーフで作ってくれるんで、一品で二度美味しいですよ」

由子は目尻《めじり》を下げて口元を緩《ゆる》め、〝デレデレ〟という言葉そのものの表情を見せた。

「嬉しい。本当は食べたかったんです。でも、あんまり大食いだと嫌われるかも知れないと思って」

「まさか。僕も大食いの方なんで、沢山食べる女性は大好きです」

恵は悪いと思いながらも口を挟《はさ》んだ。

「播戸さん、今日のおでん、牛タンがあるんです」

「え、ほんと？」

「柔らかくてトロトロですよ」

播戸は一瞬よだれを垂らしそうな顔になり、あわてて表情を引き締めた。

「鳴海さん、今日は運が良かった。牛タンは月に二回くらいしか出ないんです。大人気ですぐ売り切れちゃって」

「私、おでんの牛タンって、初めてです。牛スジはあるけど」

「ここの牛スジはコンビニとは別物。それと葱鮪とつみれ。この三つを食べないと損ですよ」

播戸は楽しそうに講釈し、恵を見上げた。

「ええと、次のお酒……お勧めは日本酒？」

「そうですね。もしくはスパークリングワインとか」

播戸は由子を振り返った。

「どっちにしますか？」

「う～ん。迷うけど、やっぱりスパークリングワイン。日頃私の行く店には置いてないんで」

「じゃあ、僕も同じもので」

「本日はヴーヴ・アンバル・クレマン・ド・ブルゴーニュになります。香りが良くてすっきりした飲み口のお酒ですよ」

恵はごく普通の口調で説明したが、心の中では「偉い！」と播戸を激励していた。由子のために糖質制限を解除したのだ。

まずは冷蔵庫からスパークリングワインの瓶を取り出し、フルートグラスを並べた。

飲み物を出してから、料理に取りかかる。出す順番は決まっていて、最初が冷製ポタージュ、次が刺身とカルパッチョ、ホタテ焼きと続き、最後がピーマン焼売。フレンチのコースと同じスープ、魚介、肉の順番だ。

ホタテを焼いている最中《さなか》に新しいお客さんが入ってきた。

「いらっしゃい……」

その顔を見て、思わず語尾を呑み込んだ。沢口秀と、元同級生だという滝野川美《たきのがわみ》玲《れい》ではないか。

よりによって、どうしてこんな大事なときに。

「あ、どうも。お久しぶりです」

何も知らない秀は播戸に会釈《えしゃく》して、二つおいた席に腰を下ろした。隣に美玲が座った。

案《あん》の定《じょう》、播戸はどぎまぎしている。表面上は何事もなかったように取り繕《つくろ》っているが、秀を意識しているのが分かる。

「お待ちどうさまでした」

焼き上がったホタテの皿を播戸と由子の前に置いた。食べやすいようにホタテに包丁を入れてある。

「良い匂《にお》い。私達もホタテ、もらおうよ」

皿から漂い出た醬油《しょうゆ》とバターの香りに、秀はおしぼりで手を拭きながら鼻をひくつかせた。

「飲み物、何にする？　私、ライムサワー」

「秀と同じでいいわ」

「ママさん、ライムサワー二つね」

「はい、ただいま」

恵は酒の支度《したく》をしながら、注意深く秀と美玲を観察した。

今日の秀はいつぞやのような光は宿っていない。つまりまったくの平常心だ。

一方の美玲は背後に赤黒い炎の揺らぎが見える。不穏な空気に包まれているのだ。そんな相手と一緒にいるのは望ましくない。美玲に悪意がなくても、自らの招き寄せた災いに秀が巻き込まれる可能性がある。

この人とはもう会わない方がいい。きっとトラブルになって、迷惑をかけられる。でも、どうしたら分かってもらえるだろう。何一つ根拠のない、おでん屋の女将の直感にすぎないのに。

恵は懸命に考えを巡らせたが、名案は浮かんでこない。

「播戸さん、もしかしてお腹《なか》いっぱいですか？」

由子の声で、恵の視線は播戸に引き戻された。見れば先ほどから箸が止まりがちのようだ。

「いや、別に。ペース速すぎたんで、ちょっとクールダウンしてたんですよ」

「牛タンのおでんだけは、攻略しましょうね」

「もちろんです。ここのシメにトー飯《めし》というメニューがあるんですが、それもお勧めですよ」

播戸は曖昧《あいまい》な笑みを浮かべてごまかしたが、秀が気になって由子との対話がおろそかになっているのは明らかだった。

恵はもう一度、秀と美玲の方に神経を集中させた。美玲は秀の特定班の活動の詳細を聞きたがっていた。

「それで、この前言ってた持ち逃げ男、突き止めたの？」

「うん」

「ウソ！　どうやって？」

「写真の喫茶店を突き止めたの。二ヶ月近くかかったけど、間違いない。次は投稿された動画。白線の引かれたT字路が映ってた。グーグルアースで喫茶店の周辺を調べたら、T字路は七つあったんだけど、その中の三つに絞《しぼ》り込めた」

美玲は熱心に耳を傾けている。熱心すぎて耳がダンボのように大きくなったとさえ思われる。

「その三つの中からどうやって一つに特定できたの？」

「ストリートビューを使ってね」

ストリートビューはグーグルマップの一つで、地上で撮影された写真を探索できる機能だ。

「投稿の中に自宅のインターホン越しに撮影していた写真があって、アパートの雨よけが写り込んでた。だから今度はストリートビューで、三つのT字路をたどってみたの。そうしたら、一つのT字路の先によく似たアパートが見つかったわ。写真の階段との位置関係から、部屋番号も特定できた」

「……すごいわね」

「でも、一番時間を食ったのは喫茶店の特定。そのエリアが分かってからは一時間もかからなかったわ」

「それで、情報はどうするの？　ネットに晒《さら》すの？」

秀は首を振った。

「この件は元々男女間のトラブルで、ロマンス詐欺《さぎ》とは違うから、被害者に情報を伝えるだけに留《とど》めるわ」

美玲の頬《ほお》がさっと赤らんだ。アルコールが回ったのではなく、興奮しているようだ。

「秀みたいな人が知り合いにいたら、被害に遭《あ》う女性も少なくなるわね」

美玲はひと息にライムサワーを呷《あお》った。グラスを置くと頭に上った血が少しは冷えた様子で、頬の色がさめた。青白い顔の中で、目だけが燃えるように光っている。と、美玲は顔をしかめ、こめかみを押さえた。

「どうしたの？」

「ごめんなさい。急に頭が痛くなってきた。偏頭痛よ」

「大丈夫？」

秀は心配そうに顔を覗《のぞ》き込んだが、美玲は首を振った。

「ダメ。こういう風になると、すぐには治まらない。家に帰って寝るわ」

「送っていこうか？」

「平気。タクシーで帰るから。大事にはならないわ。薬飲んで寝れば治るから」

美玲はバッグから財布を取り出し、カウンターに千円札を二枚置いた。

「悪いけど、ごめん。今日はこれで失礼するわね」

「気をつけてね」

秀も美玲に付き添って一緒に外に出ていった。

「ママさん、お勘定《かんじょう》お願いします」

食事を終えて、播戸が声をかけた。

「今日は大変ご馳走《ちそう》になりました」

由子は丁寧《ていねい》に頭を下げた。

「いいえ、僕の方こそ、今日はとても楽しかった。ありがとうございます」

播戸も誠意のある口調で応《こた》えた。

二人は恵に挨拶して店を出て行った。その後ろ姿に冷たい空気が漂っていないのを見て、恵はひとまず胸をなでおろした。

と、入れ違いのように秀が戻ってきた。

「お友達、大丈夫でした？」

「ええ。タクシー拾って乗せたから」

恵は美玲のグラスと皿を片付けながら尋ねた。

「……滝野川さんでしたっけ、お友達」

「よく覚えてるね」

「昔の知り合いに似てるの。占い師仲間だけど」

恵は秀を警戒させないように嘘《うそ》を吐《つ》いた。

「あの方、どういうお仕事してらっしゃるの？」

「小学校の先生だって」

「先生ですか。なかなか激務らしいですね」

「みたいね。夏休みと冬休みがあっていいわねって言ったら、とんでもないって。休み中もズーッと仕事らしい。それも、授業よりもそれ以外の仕事で忙しいって」

「あら、まあ」

「結構ブラックらしい。それと、女の先生が多いって。小学校は六割以上が女性教師だって」

「そうですか。それじゃ、婚活が必要かも」

　秀がプッと吹き出した。

「ママさん、美玲はもう結婚してるって」

「あら、それは失礼しました」

　恵は笑ってごまかしたが、美玲のことが気になって仕方なかった。結婚していながら、内面では穏やかならぬ感情が渦巻《うずま》いていた。それがあの赤黒い光となって現れたのだ。

　いったい、美玲は何を企《たくら》んでいるのだろう？　それは秀の特定班の活動と、関係しているのだろうか？

その日はお客さんの引きが早く、十時を過ぎるとみな一斉《いっせい》に席を立ち、客席は空になった。

こういうときは早仕舞《はやじま》いするに限る。恵は看板にしようと店の外に出た。すると、こちらに歩いてくる真行寺巧の姿が目に入った。

恵は店の前で大きく手を振った。真行寺はスピードを上げることもなく、めぐみ食堂へ歩いてきた。

「いらっしゃい」

暖簾を上げて中に通すと、真行寺は聞こえよがしに「なんだ、閑古鳥《かんこどり》か」と呟いた。

「たまにはこんなこともありますよ」

恵は立て看板の電源を抜き、「営業中」の札を「準備中」に裏返して、暖簾を外《はず》すといそいそと店に戻った。

「今日来て下さって良かったわ。例の牛タンのおでんが残ってるの。召し上がるでしょ？」

恵は返事も待たずカウンターに入ると、瓶ビールの栓《せん》を抜いてグラスに注《つ》いだ。

「私もいただきます」

勝手に注いで、真行寺のグラスに軽くグラスの縁《ふち》を合わせた。ひと息に半分ほど呑んでグラスを置き、大きく息を吐いた。

「あ〜、生き返った」

「暇だったのに、なんで死にそうになるんだ」

「それは色々よ」

恵はおでん鍋《なべ》から大根とコンニャク、そして牛タンを皿に盛り、真行寺の前に置いた。

「ねえ、人妻の小学校教師が、特定班の活動に興味を持つ理由って、何だと思う?」

真行寺は「いきなり何だ?」と言いたげに眉を吊《つ》り上げたが、牛タンをひと口食べると頬を緩めた。

「まあ、普通に考えれば、自分もロマンス詐欺に引っかかったからだろうな」

「そうよねえ。でも、ちょっと違うような気がする。あの人、傷ついた感じじゃなかったのよね」

真行寺は黙々と牛タンを食べ進み、全部平らげてから再び口を開いた。

「それはこの前話してた特定班の女とは別口か？」

「ええ。高校の同級生なんですって」

秀のことを思い出すと、たちまち今日の苦《にが》い記憶が頭をもたげた。

播戸と由子はかなり前途有望な雰囲気だったのだが、秀が来店してからは、播戸はともすれば秀に気を取られ、由子に対する気遣いがおろそかになっていた。敏感な女性なら何かおかしな空気を感じただろう。

ああ、これでもし由子が播戸との交際を断ってしまったら、この損失は計り知れない。次の交際相手が由子と同じくらい人柄の良い女性とは限らない。いや、次の交際相手が現れるかどうかさえ分からないというのに。

「お前、一人で何焦ってるんだ？」

真行寺がビールのグラスを片手に、呆《あき》れたような顔で見ている。

「今日、私の目の前で、幸せを摑みかけたひと組のカップルが、破談の危機に立たされたのよ」

恵は大袈裟に天を仰《あお》いだ。

「前に話したことあるわね。気になる迷える仔羊《こひつじ》がいるって」

「見た目は悪いが人柄は良いってアレだろ」

「悪いとまでは言ってないわよ」

「良くはないんだろ」

「まあね」

「同じじゃないか。で、その迷える仔羊がどうしたって？」

「私の献身的な努力の結果、藤原さんの結婚相談所に入会して、ＡＩ婚活することになったのよ」

恵はおよその経緯を話した。

「つまり、口では諦《あきら》めると言ったものの、まだその特定班のクールビューティーにホの字ってわけだ」

「そうなの」

「そりゃ、ほっとくしかないだろう」

「身も蓋《ふた》もないご意見、ありがとう」

「身の振り方は本人が決断して決める以外ない。馬を水場へ連れて行くことは出来ても、馬に水を飲ませることは出来ないって、有名なことわざの通りだ」

恵はまたしても大袈裟に天を仰いだ。

「そいつだってもう子供じゃない。自分で言ったそうじゃないか。クールビューティーに片思いしても時間の無駄《むだ》だ、現実的な相手と結婚する、と。立派な分別だ。そこまで分かってて目の前にある幸せの可能性を捨てるというなら、本人の好きにさせるしかない」

「仰《おつしや》る通り。ただね、播戸さんも由子さんも、とても好《よ》い人なのよ。私、あの二人なら上手くいくと思ったの。だから播戸さんには由子さんと結婚して欲しい」

「珍しく、お節介《せつかい》だな」

真行寺は皮肉な薄笑いを浮かべた。

「あら、今までだってずっとお節介でしたよ。頼まれもしないのに男女の縁を取り持ってきたんですから」

「だが、今回は少し先走りすぎだ」

真行寺の顔が真面目になった。

「これまでは男女とも相手を求める気持ちがあった。お前は結婚を前に二人が気後《きおく》れしたとき、背中を押してやっただけだ。今回は、気持ちがないのに二人を無理矢理くっつけようとしているように見える」

恵は、江差に同じことを言われたのを思い出した。

「ある人に同じことを言われたわ」

真行寺は軽く頷いただけだった。

「私、自分でも気がつかないうちに、ありがた迷惑な人になっちゃったのかな」

「それだけ感情移入させる何かが、その教授にあったってことだろ」

皮肉のかけらもない、むしろ優しく聞こえる口調だった。恵はよくよく自分の胸の裡《うち》を確かめてみた。

「……やっぱり、播戸さんが婚活で傷ついて、女性不信になっていたからかしら」

空になったグラスにビールを注いで、恵は思いを巡らした。

「だから幸せな結婚をして欲しかった。そして婚活で出来た傷を癒《い》やして欲しかった」

「不幸に対する一番の復讐《ふくしゅう》は幸福になること」

そう言って、真行寺はグラスに残ったビールを呑み干した。

「でも、幸せはゆっくり満ちてくるものなのに、不幸は一瞬ですべてをご破算にしちゃうのよね。だから不幸から立ち直るのは大変なのよ」

真行寺がまた皮肉に笑った。実際には口にしなかった「それは俺とお前、どっちのことだ？」というセリフが聞こえる気がした。

五皿目

ハチミツと茶《ちゃ》碗《わん》蒸《む》し

八月も下旬に入ったが、暑さは相変わらずだった。

おでんを煮てお勧め料理の下ごしらえを済ませ、大皿料理を作り終えると、恵《めぐみ》は少し汗ばんだ。かけっぱなしの冷房から出る冷たい風は、厨房《ちゅうぼう》にはあまり届かない。

ハンカチで額《ひたい》の汗を拭《ぬぐ》い、コンパクトを覗《のぞ》いて手早く化粧崩れを直した。割烹着《かっぽうぎ》を調理用のお古から糊《のり》の効《き》いた接客用に着替えようとしたところで、店の電話が鳴った。

「お電話ありがとうござ……」

受話器を取ってお決まりの口上《こうじょう》を述べかけたが、途中で遮《さえぎ》られた。

「恵さん、新見《にいみ》です。忙しい時間にすみません。どうしてもご相談したいことがあって……」

何があったのか、新見の声は緊迫して、少し上ずっていた。

「いったい、どうなさったんですか?」

「電話じゃちょっと言えません。実は私ではなく、この前お連れした教え子夫婦のことなんです」

「間宮《まみや》さんご夫妻ですね」

恵の声も緊張で引き締まった。この前、夫婦でめぐみ食堂に来店したとき、二人を結ぶ光の輪に切れ目が入っているのを見た。あのときから、何か良くないことが起こる前兆ではないかと気になっていたのだ。それが今、現実となったらしい。

「いったい、何があったんですか？」

「それが……いや、やっぱり直接お目に掛かって話した方が良いと思う。私自身、まだ信じられないんだ」

新見はスケジュールを確認したらしく、一瞬間を置いてから話を続けた。

「申し訳ないが、明日、開店前に一時間ほど時間を取ってもらえないだろうか。菫《すみれ》くんを一緒に連れて行きます。正直、私はどうして良いのか見当もつかなくて」

新見はすっかり困り果てているようだった。その様子が目に浮かんで、恵は迷わず決断した。

「分かりました。明日、午後五時にお待ちしています。お役に立てるかどうか分かりませんが、とにかく全力を尽くします」

受話器の向こうで新見が安堵《あんど》の溜息《ためいき》を漏《も》らすのが分かった。

「ありがとう、恵さん。お願いします」

受話器を置くと、精神を集中させようと目を閉じた。

いったい間宮光太郎《こうたろう》と菫に、どんな災いが降りかかったのか……必死に見えない何かを感じ取ろうとしたが、ダメだった。何も見えず、何も感じなかった。

恵は自分の無力に苛立《いらだ》ちを感じたが、やがて気持ちを切り替えた。しょうがない。私はもうかつての〝レディ・ムーンライト〟じゃないんだから。

そこでまだ調理用の割烹着を着たままなのに気がついて、あわてて接客用に着替えた。そのタイミングで、入り口の引き戸が開いた。

「こんにちは」

播戸慶喜《ばんどよしのぶ》だった。前回来店したときは、交際中の相手の鳴海由子《なるみゆうこ》を店に連れてきて、運悪く片思いしている沢口秀《さわぐちしゅう》と遭遇してしまった。それ以来ずっと顔を見せなかったのだ。

「いらっしゃいませ。ちょっとお久しぶりですね」

「悪いね。新宿《しんじゅく》に浮気してた」

恵は由子との仲がどうなったのか気になったが、敢《あ》えて口に出さなかった。江差《えさし》と真行寺《しんぎょうじ》から同じ忠告を受けたことが頭にあって、お節介《せっかい》は自重《じちょう》した。

「お飲み物は、ライムサワー？」

「うん、それ」

播戸はおしぼりで顔と首筋を拭っている。それを見ているうちに由子は意識の外に消え、間宮光太郎が播戸の教え子であることを思い出した。

「播戸さん、今、新見さんから電話があったんです」

「へえ」

「実は、教え子の間宮さんご夫婦に何かトラブルがあったようなんですけど、何かご存じありませんか？」

「いや、全然」

大きく首を振ってから、不審そうに眉《まゆ》をひそめた。

「僕は何も聞いてない。どうしたんだろう。新見先生は何と？」

「私も詳《くわ》しいことは伺ってません。ただ、新見さんの口ぶりだと、とても深刻な様子でした。明日、開店の一時間前に董さんを連れてくるから、相談に乗ってやって欲しいと言われました」

播戸はますます不審を露《あらわ》にして、表情を曇らせた。

「それは、ただ事じゃないな」

「ええ。私もとても心配で……」

言いかけて、ふと閃《ひらめ》いた。

「明日、播戸さんも一緒に立ち会ってもらえませんか？」

「僕が？」

「はい。新見さんは菫さんを連れてくると仰《おつしや》いました。ということは、光太郎さんは来ないわけです。私も新見さんも、光太郎さんのことをほとんど知りません。だから菫さんが光太郎さんについて色々と訴えても、私と新見さんでは、判断できかねることがあると思います。そんなとき、播戸さんに助け船を出していただけたら、何か新しい事実が分かるかも知れません」

播戸は腕組みをして目を伏せると、じっと考え込んだ。そしてしばらくして腕組みを解くと、真《ま》っ直《す》ぐに恵の目を見返した。

「分かりました。明日、僕もその場に立ち会わせていただきます」

「ありがとうございます。よろしくお願いします」

恵は感謝を込めて頭を下げた。

ライムサワーを作って播戸の前に置くと、またぞろ好奇心が頭をもたげてきた。いったい由子との仲はどうなったのか……。

「あのう……」

言いかけて再び自重した。お節介をしてはいけない。

「由子さんとは、日曜にツーリングに行きました」

まるで恵の心を読んだかのように、播戸が言った。

「まあ！」

「彼女、弁当を作ってきてくれたんです。ここで食べたピーマンの焼売《しゅうまい》もありました。手料理って、良いもんですね」

播戸はしみじみと口にしてから、「あっ」と言った。

「ごめん。ここの料理もママさんの手作りだったよね」

「お気になさらずに。うちは商売ですから」

恵は笑顔を見せながらも、内心はホッとした。播戸は「鳴海さん」ではなく「由子さん」と呼んだ。二人の関係は徐々に進展しつつあるようだ。

どうぞ、上手《うま》くいきますように……恵は密《ひそ》かに祈った。


「失礼します」

暖簾《のれん》の出ていない店先で声をかけ、新見が入ってきた。後ろから菫が続いた。

ひと目、菫の姿を見て、恵は憔悴《しょうすい》した様子に胸が痛んだ。この前会ってからさほど日が経《た》っていないというのに、わずかの間に菫はすっかり面変《おもが》わりしていた。

げっそりと頬《ほお》がこけて目がくぼみ、下瞼《したまぶた》には化粧の上からでも分かるくらいに濃い隈《くま》が出来ていた。

昔、恵も同じ顔になったことがある。夫がアシスタントと不倫した挙げ句に事故死し、世間とマスコミにバッシングされたときだ。ショックで食事も喉《のど》を通らず、思い悩んで眠ることも出来ず、ボロボロになった。

今の菫がどれほど辛《つら》い思いをしているか、恵にはその気持ちが手に取るように分かった。

「とにかく、お座り下さい」

恵はカウンターを指し示した。

菫は播戸が先客で来ているのを見て、困惑を隠せなかった。不安そうに新見から恵へ視線を泳がせた。

「恵さんから、播戸先生にも同席してもらった方が良いと連絡があってね。私も同意見なんだ。彼なら間宮くんについて、私達が知らないことも知っているからね」

新見が労《いたわ》るように優しく説明すると、菫は素直に頷《うなず》いた。

「よろしくお願いします」

消え入るような声で言い、播戸に頭を下げた。

恵は三人が席に着くとカウンターの中に入り、冷たいウーロン茶を出した。

「菫さん、お辛いでしょうけど、何があったかもう一度説明していただけませんか？」

恵の言葉に、菫は思い詰めた顔で口を開いた。

「一昨日《おととい》のことです。私宛《あて》に無記名の封書が届きました。中に入っていたのは……彼と女性の写真でした。ベッドで、抱き合っている姿の」

「ええっ⁉」

恵も新見も播戸も、思わず叫んでしまった。三人とも、とても信じられなかった。

「そんな、バカな」

播戸の言葉は恵の心の声でもあった。光太郎の菫に対する愛情は真実だった。それが、どうして？

「私も自分の目を疑いました。でも、間違いなく本人でした」

菫はそこまで淡々と話してきたが、急に顔を覆《おお》って嗚咽《おえつ》した。

「……菫さん、光太郎さんには事情を訊《き》きましたか？」

菫はようやく嗚咽を抑え、涙でくぐもった声で答えた。

「自分にはまったく身に覚えがない。信じてもらえないかも知れないが、本当にまるで記憶にない、と」

　菫以外の三人は互いの顔を見合わせた。まさかという思いが三人の顔に表れていた。

「光太郎さんは相手の女性が誰か、言いましたか？」

　菫は忌《い》まわしい言葉を口にするように唇《くちびる》を引き攣《つ》らせた。

「同僚の、長船《おさふね》早霧《さぎり》という官僚だそうです」

　菫は一度言葉を切り、ハンカチで鼻を押さえた。

「……明日、役所に行ったら向こうと話して、お互いに誤解を解くからって言ったんです。誤解って、あんなハッキリした証拠があるのに」

　菫は耐えかねたように、再びハンカチに顔を埋めて嗚咽した。恵はそれが治まるのを待って、質問を再開した。

「菫さん、ごめんなさいね。もう少し伺いますが、光太郎さんは今、どちらに？」

「……帰ってこないんです。多分、相手の女性の所だと思います」

「それで、役所の方は？」

「今日は休んでいるんです。役所に電話したら、そう言われました」

恵も新見も播戸も、言うべき言葉が見つからずに沈黙した。

これまでの菫の話に沿って考えれば、光太郎は同僚の女性と不倫して、その現場を写真に撮られたことになる。しかもその証拠の写真が妻である菫に送りつけられてきた。

だが、光太郎は身に覚えがないと言う。とっさにごまかしたとしても、もっと上手い言い訳ぐらい考えられたはずだ。

これはいったい何を意味するのか？

間宮夫婦の仲を引き裂こうとする陰謀《いんぼう》なのか？

それにしても、あまりに唐突すぎる。そもそも、いったい誰が光太郎と同僚女性の不倫現場を写真に撮ったのだろう？

「菫さん、最近、光太郎さんに変わった様子はありませんでしたか？　もちろん、こんなことが起きる前の話です」

菫は眉を寄せ、必死に記憶をたぐろうとした。しかし、芳《かんば》しい結果は出なかったようだ。

「すみません。気がつきませんでした。本当にいつも通りで、普段と変わったところは何も……」

言いかけて、ハッと思い当たったらしい。

「一昨昨日《さきおととい》、写真が送られてくる前の日です。役所から帰ってきたらすごく顔色が悪くて、夏風邪《なつかぜ》を引いたみたいで寒気がすると言いました。でも、薬を飲んで寝れば治るからって、その日は夕飯も食べないでベッドに入りました。次の日も、朝、気分が悪そうだったので、休んで医者に行ったらどうかって勧めたんですけど、庁舎の中にもクリニックがあるから大丈夫だって……そのまま出勤しました。コーヒーだけで、トーストにもフルーツにも手を付けないで。いつもは朝ご飯はちゃんと食べる人なのに」

つまり事件の前兆は、一昨昨日に始まったのではあるまいか。

恵が伏せていた目を上げると、播戸と目が合った。その目の中に新しい光が灯《とも》っているのが見えた。

「恵さんにお訊きします」

改まった口調で播戸は尋ねた。

「人と人との縁を見る力があると、自信を持って言えますか？」

「はい」

恵はきっぱりと答えた。

「あなたの目から見て、間宮くんは新婚間もない奥さんがありながら、他の女性と不倫するような男でしたか？」

「いいえ」

今度もきっぱりと答えた。

「少なくとも先日、ご夫婦で来店なさったとき、間宮さんは奥さんにべた惚《ぼ》れでした。それがいきなり不倫騒動なんて、とても信じられません。もしその間に、本当に奥さん以外の女性と過《あやま》ちを犯したとしたら、間宮さんは誰の目から見ても分かるくらい、ものすごく悩んで苦しんで自分を責めたと思いますよ。一昨昨日までいつもと変わらず普通に振る舞っていたというのが、私には納得できません」

「僕も同じ結論です」

播戸も力強く断言し、菫に向き直った。

「奥さん、間宮くんは僕が初めてのゼミで受け持った学生でした。だからとても印象に残っています。彼は真面目《まじめ》で誠実で責任感が強くて、気持ちの優しい人間です。もし本当に同僚の女性と過ちを犯したなら、謙虚に事実を認めて謝罪するはずです。僕は彼が身に覚えがない、記憶にないと主張するなら、それが真実だと思います」

菫の瞳に一点、希望の光が宿った。

「でも、先生、それじゃ、あの写真は……」

「実物を見ていないので断言は出来ませんが、今は写真の加工技術が非常に発達しています。普通の女性をスーパーモデル級の美女に加工するくらい、簡単に出来るんです。合成写真だって、自由自在に作れるはずですよ」

恵はむしろその点が引っかかっていた。

単に不倫現場の写真を合成して、間宮夫婦の仲を引き裂く、あるいは光太郎を失脚させるのが目的なら、何も相手に同僚の外務官僚を使う必要はない。それこそSNSの投稿や個人のブログから、適当な写真を持ってきて使った方が、よほど安全だろうに。

長船早霧という女性官僚が否定したら、写真の信憑性《しんぴょうせい》はなくなってしまうのに。

「やはり本人の口から事情を聞かないことには、埒《らち》があきませんね」

それまで口を閉ざしていた新見が言った。

「実際に何があったのか、写真に写っていた同僚の長船という女性はどんな人なのか、我々はまるで知りません。このままではこの先どうすべきか、答えにたどり着くことは出来ない」

「僕も新見先生のご意見に賛成です。まずは本人の口から、ちゃんとした説明を聞きたい」

恵も大賛成だった。しかし、菫の気持ちはどうなのだろう。不倫したかも知れない夫に怒りを感じているのではあるまいか？　もしかして、愛想《あいそ》を尽かしたかも……。

しかし、恵の心配は杞憂《きゆう》だった。菫の目にも表情にも、生命力が甦《よみがえ》ってきた。

「皆さん、ありがとうございます。ご相談して本当に良かった」

菫は涙を拭《ふ》き、背筋をしゃんと伸ばした。

「私、光太郎さんを探します。そして、彼の口から詳しい説明を聞きたいと思います。それが普通では信じられない内容であっても、彼が真実だと主張するなら、私は信じます」

「良かった」

恵は安堵の溜息を吐《つ》いた。

「こうなったら一刻も早く間宮さんと連絡を取らないと」

しかし菫は哀《かな》しげに目を伏せた。

「スマホに何度もかけたんですけど、出てくれないんです。そのうち電源を切ってしまって」

　恵は菫から播戸に視線を移した。

「播戸さん、あなたから間宮さんのスマホに連絡してもらえませんか？　いえ、通話よりメールの方が良いかも知れない」

　頭の中で素早く文面を組み立てた。

「この伝言でお願いします。『間宮くん、事情はすべて聞いた。菫さんも承知だ。その上で、君を信じると誓ってくれた。私も君の味方だ。力になる。とにかく一度連絡してくれ。決して早まったことをするな』以上」

　新見が感嘆した声で言った。

「実に見事な文言だ。短い中に意を尽くしている」

「でも、スマホの電源を切っていたら……」

　菫が不安そうに呟《つぶや》いた。

「切りっぱなしということはないと思います。ときどきは受信メールを確認するはずです。だから播戸さん、諦《あきら》めないで、しつこく何度もメールを送って下さい」

「分かりました。頑張ります」

　播戸はそう言って腕時計を見た。開店時間の六時が迫っている。

「恵さん、ありがとう。取り敢えず僕達はこれで引き上げます。何か進展があったら連絡しますから」

そう言うと、播戸は菫と新見を促《うなが》して店を後にした。その後ろ姿はとても頼もしく見え、婚活に破れていじけていた面影《おもかげ》は、みじんも感じられなかった。


その日は店を開けてからも、間宮がその後どうなったか気になって、気もそぞろだった。そんな恵の気分が伝染したのか、十時前にはほとんどのお客さんが引き上げていった。

折しも、恵のスマートフォンが鳴った。画面を見ると播戸からだ。恵は逸《はや》る気持ちを抑えきれず、強く画面をタップした。

「播戸さん……」

「会えたよ。今、間宮くんと一緒だ」

「ああ、良かった……」

声に溜息が混じった。

「それで、これからどうなさるの？」

「実は、今落ち合ったばっかりでね。まだほとんど話もしていないんだ」

恵はカウンターに一人残ったお客さんをチラリと盗み見て、声を落とした。

「それならもう一度うちに来ませんか？　十時で看板にしますから、人目を気にしなくて大丈夫ですよ」

「ありがとう。そうしてもらえると助かります。今、新宿なんで、十五分くらいでそちらへ行けると思います」

「お待ちしてます」

通話を終えると、お客さんがビールをグラスに注《つ》ぎながら訊いた。

「これからお客さん？」

月に二、三度来店する梅田《うめだ》という初老の男性で、マンションの管理人をしていると聞いた。毎回判で押したように三千円分飲み食いして帰る。上客とは言えないが、当てに出来るお客さんだった。

「すみませんね。ちょっと訳ありなんです」

「そんじゃ、野暮《やぼ》は出来ないな。お勘定《かんじょう》して」

「ありがとう存じます。お詫《わ》びにそのビールは、お店から出させていただきます」

「いいよ、そんな気を遣《つか》わなくて」

「遣わせて下さいな。また来ていただかないと困りますもの」

「上手いなあ」

梅田は苦笑しながらも、勘定を支払い、最後に千円札をカウンターに置いた。

「これは俺《おれ》から」

「困りますよ、梅田さん。多すぎ」

「取っといてよ。上客になった気分だ」

梅田は気持ち良さそうに片手をヒラヒラと振って出て行った。恵はその背中に深々と頭を下げた。


店仕舞《みせじま》いをしてから五分ほどで、しんみち通りの出口に近い店の前にタクシーが止まった。

降り立ったのは播戸、菫、光太郎の三人だ。播戸と菫は光太郎を挟《はさ》むようにして両側に立ち、表の明かりの消えためぐみ食堂へ入っていった。

「いらっしゃい。お疲れさまでした」

恵はカウンターの中から声をかけ、椅子《いす》を勧めた。

入ってきた光太郎の顔を見ると、恵はまたしても胸が痛んだ。菫と同様、憔悴しきっていた。

「皆さん、お腹空《なかす》いてますか？」

「夕飯、まだなんです。おでんを適当に出して下さい」

播戸が答えた。菫と光太郎はそれどころではなさそうだ。

「まずは、気付けに一杯やって下さい」

恵は瓶《びん》ビールの栓《せん》を抜き、グラスに注いだ。最後は自分用のグラスにも注いで、乾杯もせずにひと息に半分ほど呑《の》んだ。

「間宮くん、不愉快なことを何度も話すのは辛いだろう。一度だけ、ここで詳しく話してくれ。これ以後は二度と訊かない」

播戸は労りを込めた口調で言った。菫は力づけるように光太郎の背中をさすった。

光太郎はグラスを取ると一気に呑み干し、カウンターに置いた。それから何かを吹っ切るように大きく頭《かぶり》を振り、居住まいを正した。

「分かりました。何もかも話します。先週、福岡で開催された国際シンポジウムに出席しました。期間は二日で、二泊三日の出張になりました。かなり大掛かりなシンポジウムで、事務局は上司と同僚、部下合わせて十人の大所帯でした」

シンポジウムは成功裏に終わった。

その夜、福岡の料理店で打ち上げをやり、そのままの勢いで二次会へ突入した。と、何故《なぜ》か途中で光太郎は意識が朦朧《もうろう》としてきた。あとで考えれば、前後不覚になるほど呑んだつもりはないのに、腑《ふ》に落ちないことだった。

「すると長船が、『私も早めに引き上げたいので、一緒にホテルへ連れて帰ります』と言って、タクシーに同乗したのだそうです」

翌朝目が覚めると、自分の部屋のベッドの中にいた。着ていた服が床に散らばっていたので、無意識に脱いだのだろうと思った。

部下に、長船早霧がホテルに送ってくれたと教えられ、礼を言った。

「気にしないで。私もあんまり長居したくなかったから、渡りに舟ってとこ」

早霧の態度は何の屈託《くったく》も感じさせなかった。東京へ帰ってからも、何事もなかった。ところが……。

「三日前、スマホに長船からメールが届きました。チェックすると、写真が転送されていました……何枚も」

光太郎はそのときの衝撃を思い出したように、ブルッと身体《からだ》を震わせた。

「有《あ》り体《てい》に言えば、素っ裸の私と彼女の写真です。私は頭が真っ白になりました。何が何だか分かりませんでした。誓って、まったく身に覚えのないことです」

頃合いを見計らったかのように、早霧から再びスマートフォンに着信が入った。届いたメールには「私をレイプしたことを忘れたとは言わさない。この写真を奥さんに送ってやる」とあった。

「私は必死で、これは何かの間違いだ、身に覚えがないと返信しました。それから省内で彼女をつかまえて、どういうつもりか真意を質《ただ》しましたが、のらりくらりと話をはぐらかすばかりで、どうにもなりません。最初から、解決する気などなかったのかも知れない。狼狽《うろた》える私の姿を、気持ち良さそうに見ているのが分かりました。そうこうするうちに、一昨日、菫にその写真が送られてきて……」

光太郎は大きく息を吐いてガックリと肩を落とした。

「もう、その時点で、万事休すでした。証拠の写真がある以上、いくら私が潔白だと言っても、誰も信じてくれないでしょう。菫も……私だって菫の立場なら、夫を疑います」

播戸が落ち着いた声で尋ねた。

「間宮くん、写真が合成されたものだとは考えられないかな?」

光太郎は眉根を寄せて考え込んだ。

「分かりません。ただ、長船ならそんな面倒なことをする必要はないでしょう。意識朦朧としている私と一緒に部屋に入って、そのまま写真を撮れば済む」

「しかし、その女性はれっきとした外務官僚でしょう。自分だって恥になるだろうに、どうしてそんな愚《おろ》かな真似《まね》を？」

播戸が吐き捨てるように言った。

「間宮さん、長船早霧はどういう女性ですか？」

恵の質問に光太郎はためらいなく答えた。

「仕事の出来る優秀な女性です。協調性に欠けるきらいはあるけど、同期でもトップクラスです」

「美人？」

「……まあ、見方によっては。僕はタイプじゃないですが」

恵はじっと目を凝《こ》らして光太郎を見つめた。その肩の後ろ辺りに、何やら赤黒い靄《もや》がまとわりついている。

「過去に、その女性と何か確執《かくしつ》はありませんでしたか？」

「いや、別に」

あっさり否定しようとして、光太郎は思い出す顔になった。

「そういえば、何年か前……二十九歳のときだったか、上司にそれとなく長船との結婚を提案されたことがあります。僕はすぐに断りました。何というか、僕のことを一段低く見るような気配が感じられて。長船にしても、僕なんか眼中になかったでしょう」

光太郎の説明で、恵は何となく長船早霧という女性の負の意識が分かったように思った。

「これ、私の勘でしかないけど、間宮さんは長船早霧に逆恨《さかうら》みされてるんだと思います」

光太郎が唖然《あぜん》とした顔になった。

「そんな、ばかな。いったい何故？」

「自分との結婚を断って、自分より美しい女性と結婚したから」

光太郎はますます呆《あき》れ果て、口を半開きにした。

「まさか……」

播戸も「信じられない」と言いたげに目を丸くしている。

「肩の辺りに、彼女の妄執《もうしゅう》がまとわりついています」

光太郎はあわてて両肩を手で払った。

「つまり、彼女は一種のサイコパスですか？」

播戸が恵に尋ねた。

「私にはどういう名前が付くか分かりませんけど、彼女は自己愛と思い込みが異常に強くて、自分も他人も縛《しば》ろうとします。そして、自分の支配下から逃げ出そうとする人間が許せないんです。厄介《やっかい》なことに、そういう人にはリーダーシップやカリスマ性が宿る場合もあります。長船早霧は非常に優秀で見た目も美人だそうですから、ある意味怪物です」

恵は菫に向かって、同情を込めて言った。

「ご主人は恐ろしい怪物の地雷を踏んでしまったんです。それで、理不尽にもこんな卑劣な反撃を喰《く》らいました。お気の毒です」

菫は何も言わず、しっかりと光太郎を抱きしめた。恵の言葉が胸に深く染《し》み入ったのだろう。

「すまない。心配かけて、本当にすまなかった」

光太郎も菫を抱きしめて、洟《はな》をすすった。

恵は思わずもらい泣きしそうになり、必死に自制した。

「播戸さん、どうしたらいいと思いますか？」

播戸は苦虫《にがむし》を噛《か》みつぶしたように顔をしかめている。

「僕は間宮くんの選択を支持する。相手と直接対決するも良し、洗いざらい上司に打ち明けるのも良し、このまま静観しても良し、どれを選んでも構わない」

「私も同じ意見です。ただ、このまま放っておいても、近い将来、長船早霧という人は自ら墓穴を掘るような気がします。こんなどぎついことをやるなんて、感情のコントロールが上手く出来ない証拠です」

　恵もきっぱりと断言した。そして光太郎と菫の姿を見て、恵は二人はもう大丈夫だと確信した。何故なら、光太郎の肩の辺りに漂《ただよ》っていた赤黒い靄はきれいに取り払われ、夫婦は再び一つの光の輪で結ばれていた。どこにも切れ目はない。

「今の間宮さんに、長船早霧の脅迫《きょうはく》はすでに無効です」

　恵が断言すると、光太郎と菫がこちらを振り向いた。

「脅迫が有効なのは、『もしあの秘密をばらされたらどうしよう』という恐怖で人の心を縛るからです。でも、お二人はそれでも構わないと覚悟されました。これでは秘密は何の役にも立ちません。脅迫の効力は失われたんです」

「恵さん、先生、ありがとうございました」

　菫は落ち着いた声で言った。

「私達、もう大丈夫です。これから何があっても、私は光太郎さんから離れません。一緒に闘います。どこまでもこの人を支えて、二人で生きていきます」

「ありがとう、菫」

光太郎は菫の頭にそっと頬を寄せた。

「先生、恵さん、お世話になりました。僕は明日、役所に行って、長船と直《じか》に対決します。その上で、どんな結果になっても、甘んじて受け容《い》れる覚悟です」

光太郎の顔には一点の曇りもなくなっていた。恵と播戸は大きく頷いて、拍手を送った。

と、播戸の腹が鳴った。

「……腹へっちゃって」

光太郎と菫も、改めて気がついたように腹に手を置いた。

「ほんと。お腹ペコペコだわ」

「僕も、目眩《めまい》がしそうだ」

「皆さん、沢山召し上がって下さい。シメはトー飯《めし》も雲呑《わんたん》もありますからね」

三人は一斉《いっせい》に箸《はし》を割り、おでんを頬張った。

恵は心の中で「信じ合う二人に光あれ！」と唱えた。

暦は九月に変わり、半ばに至った。さすがに真夏の盛りと比べれば、朝晩はいくらか過ごしやすくなった。

八百屋《やおや》の店先にも、走りの里芋《さといも》が登場した。恵は秋の味を一刻も早く提供したくて、早速購入しておでん種に加えた。秋になってからおでんに里芋を入れるのは初めてだ。

そろそろ店を開ける時間が近づいてきた。

今日の大皿料理は、新登場のリンゴのピンチョス、水ナスの海苔和《のりあ》え、タコとアボカドのスペイン風炒《いた》め、ズッキーニとトマトのシラス和え、ニラ玉。ナスとズッキーニはそろそろ露地《ろじ》ものが終わりだ。

恵はおでん鍋《なべ》の里芋を見て、藤原海斗《ふじわらかいと》が来ればいいのにと思った。おでんの里芋が大好きなのだ。

「こんにちは」

その日の一番乗りは織部豊《おりべゆたか》と杏奈《あんな》夫婦だった。

「昨日、一花《いちか》さんの結婚式に行ってきたのよ」

杏奈は早速報告した。

「お式はどうでしたか」

「良かったわよ」

杏奈はおしぼりを置いて、バッグからスマートフォンを取り出すと、恵に画面を見せた。

「あら、ステキ。良いですね」

画面をスクロールして何枚か写真を眺《なが》めた。一花は臨月《りんげつ》に近いはずだが、木谷佐《きたにさ》和《わ》のウエディングドレスは見事に体形をカバーして、少しもそれを感じさせない。

「一花さん、喜んでたでしょう」

「すっごく。やっぱり、一生で一番きれいな姿で花嫁さんになりたいもんね」

恵は「どんなタイミングでも、最高に美しい花嫁姿で式を挙げて欲しい」と語った佐和の言葉を思い出していた。

「やっぱ、女の人には花嫁衣装って大事なんだろうな」

豊がスマートフォンを覗き込んで言った。

「お飲み物は？」

「どうしようかな。私、グラスのスパークリングワイン」

「僕、小生」

飲み物を出してから、五品の大皿料理を皿に盛った。

「これ、生のリンゴじゃないのね」

　リンゴのピンチョスをつまんだ杏奈が言った。

「マリネしてあるの。レモンとオリーブオイルとハチミツ、あとは塩・胡椒《こしょう》で。半日くらい浸《つ》けといたかしら」

「おしゃれな味」

　二人はお通しを食べながら壁のホワイトボードを眺め、お勧め料理の検討に入った。

　本日のお勧めは、鮪《まぐろ》のブツ（ユッケ出来ます）、鰹《かつお》（刺身またはカルパッチョ）、インゲンのゴマ和え、スペアリブおでん、ズッキーニの冷製ポタージュ、中華風茶碗蒸し（二人前）。

「スペアリブおでんって何？」

「読んで字の如《ごと》く。おでんの汁でスペアリブを煮てみました。牛タンや豚足《とんそく》がおでんになるなら、スペアリブもいいかと思って」

　たちまち杏奈も豊も目を輝かせた。

「もらおう」

「うん」

「鮪のユッケは初登場よね？」

「はい」

「それと、ズッキーニはそろそろお終《しま》いです」

「じゃ、決まり」

「冷製ポタージュ二つ」

豊がすぐさま注文を決めた。

「この中華風茶碗蒸しって、どういうの？」

「豚の挽肉《ひきにく》が入っていて、仕上げにゴマ油とお醬油《しょうゆ》をかけます。蒸す途中ですが入っても気にしない、カジュアルな茶碗蒸しです」

二人はさっと顔を見合わせ、即決した。

「下さい！」

「はい、ありがとうございます」

恵はズッキーニの冷製ポタージュを出してから、ユッケの準備に入った。準備といっても、予《あらかじ》め作っておいたソースで鮪のブツを和え、器に盛ったらウズラの卵を落とし、トッピングの具材を散らせば出来上がりだ。

オイスターソースを使った濃厚なソースの味を、トッピングの糸唐辛子《いととうがらし》と煎《い》った松の実が引き締めて、鮪のひと味違った美味《おい》しさが味わえる。下北沢《しもきたざわ》の居酒屋の名物を真似してみた。

「これは、お酒は何が合うかしら」

杏奈がユッケの小鉢《こばち》を見下ろして尋ねた。

「ソースがわりと濃厚なので、焼酎《しょうちゅう》や生原酒《なまげんしゅ》が合うって、酒屋のご主人は言ってました。うちは今、栗駒山《くりこまやま》と鶴齢《かくれい》の無濾過《むろか》生原酒がありますけど」

「どっちが良いと思う？」

「そうですねえ。どっちも評判の良いお酒なんですけど、強《し》いて言えば栗駒山かしら。小さな蔵元さんだからあんまり出回らないって、酒屋さんが言ってたし」

「じゃ、栗駒山に決定。取り敢えず一合下さい」

杏奈がさっさと決めるのを、豊は楽しそうに見守っている。この二人も光の輪で一つに結ばれているのを見て、恵は満足だった。

次は中華風茶碗蒸しに取りかかる。丼《どんぶり》に卵を割り入れ、水と塩を加えてよく混ぜ、醤油と紹興酒《しょうこうしゅ》で下味を付けた挽肉をほぐし入れ、十五分ほど蒸す。出汁《だし》やスープではなく水で作るからこそ、卵の自然な甘味が楽しめるのだ。

「こんにちは」

十分ほどして、沢口秀が来店した。前に滝野川美玲《たきのがわみれい》と来たとき以来だ。

「いらっしゃいませ。どうぞ、空《あ》いてるお席に」

秀は一番端の席に腰を下ろした。

「ええと、ライムサワー下さい」

注文を済ませると、スマートフォンを取り出して画面を眺めた。もしかしたら、特定班の活動を始めたのかも知れない。

「沢口さん、今日はお友達の方は？」

恵は美玲に漂う不吉な気配が気になっていた。秀が美玲と付き合いのあることが心配だった。

「美玲？　最近は全然会ってない。連絡もないし」

それを聞いて、少しは安心した。本当は「もうあの人には会わない方がいい」と忠告したかったが、余計なお世話と言われそうだ。

秀はスマートフォンを眺めながら黙々とお通しをつまみ、ライムサワーを呑んだ。グラスが空《から》になる頃、杏奈たちの頼んだ茶碗蒸しが蒸し上がった。

「はい、お待ちどうさま。熱いのでお気をつけて」

丼を二人の前に置き、取り分け用の小鉢とレンゲを添えた。

仕上げに垂らしたゴマ油と醤油の匂《にお》いがカウンターに漂い、秀が鼻をひくつかせた。匂いにつられるように茶碗蒸しからホワイトボードへと視線を移し、すぐに残念そうに目を逸《そ》らした。「二人前」の文字を見て諦めたのだろう。

「ライムサワーお代わり下さい。それと、鮪のユッケと冷製ポタージュ」

秀が注文を告げている途中に引き戸が開き、新しいお客さんが入ってきた。矢野《やの》亮《りょう》太《た》だ。

「いらっしゃい。今日は真帆《まほ》さんは？」

「出版社と打ち合わせ。その後は会食」

亮太の声に秀が振り返った。

「あ、沢口さん。久しぶり」

亮太は笑顔を見せて片手を上げ、杏奈と豊に会釈《えしゃく》してから、ごく自然に秀の隣の席に腰を下ろした。秀はあわててスマートフォンをバッグに仕舞った。

「ママさんに聞いちゃった。特定班の活動してるんだってね」

「凄腕《すごうで》なのよ。依頼が引きも切らないって」

恵が言葉を添えると、秀は曖昧《あいまい》に笑った。その背後に色褪《いろあ》せたオレンジ色の光が灯るのを、恵は見てしまった。

「俺、小生」

飲み物を注文すると、亮太は再び秀に向き直った。

「仕事しながら、大変だね」

「それほどでも。昼休みとか仕事が終わった後にやってるから」

「無報酬《むほうしゅう》なんでしょ」

「ええ。ボランティアでやってることだし」

「偉いね。世の中には金取ってる特定屋もいるのに」

亮太は至って屈託のない調子で会話を続けていた。しかし、秀はいつもより少し歯切れが悪かった。その心に生じた戸惑いを、恵は感じ取った。

「それより、こっちも驚いたわ。矢野くんが学者さんと結婚するなんて」

「高校の同級生なんだ。この店で偶然、再会してね」

秀は寂しげに見える微笑を浮かべた。

「やっぱり江差さんの言う通り、この店、婚活パワースポットなのかも知れない」

「じゃあ、沢口さんの春も近いね」

亮太は明るく笑ったが、秀の微笑は泣き笑いのように見えた。

「お待ちどうさまでした」

秀の前に鮪のユッケを置くと、亮太はすぐにそれが新メニューと見て取った。

「俺もこれ、ちょうだい。それとスペアリブおでん」

「はい、かしこまりました」

亮太はホワイトボードのメニューを見て尋ねた。

「これ、鮪のユッケでしょ。お酒、何が良いの？」

「焼酎か、日本酒の生原酒。織部さんご夫婦には栗駒山をお勧めしたの」

「じゃあ、俺もそれね。グラス二個ちょうだい」

亮太はグラスを二つ受け取ると、一つを秀の前に置いて、デカンタを手にした。

「一杯どうぞ。ママさんの勧める料理と酒のペアリングは、間違いないから」

「……ありがとう」

秀は亮太に注がれたグラスを、ゆっくりと傾けた。

「良いでしょ？」

「うん、美味しい」

それは栗駒山とユッケのペアリングがマッチしていたからというより、亮太の注いだ酒だったからではないかと、恵は思っていた。

亮太は栗駒山をひと口呑んでグラスを置き、もう一度ホワイトボードに目を凝らした。

「この中華風茶碗蒸しって、初メニューだよね」

「はい。今日がデビューです」

亮太は秀の方を向いて、片手で拝《おが》む真似をした。

「沢口さん、俺が奢《おご》るからさ、茶碗蒸し食べない？」

「……いえ、私、半分払います」

「ありがとう！」

亮太は、弾《はず》んだ声で言った。

「中華風茶碗蒸し一つね！」

恵にはハッキリと分かった。秀は、亮太が専門学校に在学中から好きだったのだ。しかし、その気持ちを打ち明ける機会を逸《いっ》したのだろう。そのまま亮太は卒業し、秀との接点は失われた。

そしてこの店で偶然再会した亮太は、すでに結婚していた。幸せそうな夫婦の姿を目《ま》の当たりにして、秀は再燃しようとする自分の気持ちを封印するしかなかった……。

出来上がった中華風茶碗蒸しを器に取り分ける秀は、無理に作った笑顔を浮かべていた。

その姿が恵にはとても痛々しく感じられた。


「こんばんは」

その日の看板間際《まぎわ》に、播戸が店を訪れた。先客は一人だけで、すでに帰り支度《じたく》を始めているところだった。

「いらっしゃい」

播戸は端から二番目の席に腰を下ろした。

「お勘定して」

播戸と入れ替わるように、お客さんは帰っていった。

「ちょっと待ってね。貸し切りにしますから」

恵はカウンターを出ると、立て看板の電源を抜き、「営業中」の札を「準備中」に裏返して暖簾を仕舞った。

「ライムサワーですか？」

「ハイボール。それと夕飯食べてきたから、あんまりお腹空いてないんだ」

「構いませんよ」

恵はハイボールを作って出すと、自分用のグラスに、瓶に残ったスパークリングワインを注いだ。

「あれから、間宮さんご夫婦は如何《どう》されてますか？」

間宮夫婦の事件以来、恵の播戸に対する印象はガラリと変わった。婚活に破れた迷える仔羊《こひつじ》ではなく、学識経験豊かな尊敬すべき大人の男性に、一気に評価が上昇したのだ。

「夫婦仲はもちろん円満だが、間宮くんと相手の女性は共に訓告を受けたそうだ。つまり〝お叱《しか》り〟だ。行政処分の中では一番軽い。出世に影響はないし、それに今度のことで相手の女性も少しは懲《こ》りたんじゃないかな」

いや、おそらく長船早霧のような女性の辞書に、〝懲りる〟とか〝反省〟という言葉はないだろう。それでも……。

「間宮さん夫婦が腹をくくっている以上、もう手出しは出来ません」

恵は播戸を讃えるようにグラスを掲げた。

「私、すっかり播戸さんを見直しました。こんな頼り甲斐《がい》のある方とは存じませんでした。お見それしちゃって、申し訳ない」

恵は外国人のようにひょいと肩をすくめた。

「まったく、これまで交際を断った女性の目は節穴《ふしあな》だわ。播戸さんの真価が分からないなんて」

「やめてよ。そんなに持ち上げられると、ハイボールだけで帰れなくなる」

それから播戸は少し口調を改めた。

「実は、今夜は由子さんと食事してたんだ」

「まあ」

「僕は彼女に、正式に結婚を申し込もうと思ってる」

恵は思わず「やったー！」と叫びそうになった。

「おめでとうございます！　良かったですね」

「まだ早いよ。彼女がOKしてくれるかどうか……」

「大丈夫！　由子さんは播戸さんに好意を抱いてます。真剣に結婚を考えてます。私には分かります。元占い師としての実績と、おでん屋の女将《おかみ》としての人生経験が成婚を保証致します」

嘘《うそ》ではなかった。由子の母が催してくれた餃子《ぎょうざ》パーティーの話を聞いたときから、恵は由子が播戸と結ばれれば良いと思っていた。そんな願望を抱いたのは、二人の間に縁を感じたからだ。

「ただ、僕は内心忸怩《じくじ》たる思いがあって……由子さんと結婚すると決めているのに、気持ちはまだ別の女性に惹《ひ》かれているんだ」

「そんなこと、気にする必要はありません」

　恵はほとんど叱咤《しった》する口調になった。

「心というのはその人一人のもので、誰も覗き見したり指図したり出来ないんです。でも、結婚生活は夫婦が協力しないと成り立ちません。協力関係が築けないと結婚生活は破綻《はたん》します。だから、お互いに協力し合って暮らしてゆけるなら、その結婚は成功なんです。共に生きる過程で心の奥に配偶者以外の人がいても、それを不実と呼ぶことは誰にも出来ません」

「そうでしょうか」

「そうです」

　恵は厳《おごそ》かな声で答えた。

「新見さんと佐那子《さなこ》さんは夫婦円満ですが、佐那子さんが心底惚《ほ》れているのは羽生《はにゅう》結弦《ゆづる》です。本人がそう言ってました」

「それで、新見先生は何と？」

「ユヅくんで助かったって」

播戸はプッと吹き出した。

暦が十月に変わると、さすがに秋めいてきた。吹く風も空の色も水道の水の温度も、明らかに九月とは違っている。

その日の朝、恵はいつものようにテレビのニュースキャスターの声を聞きながら、コーヒーカップを片手に新聞を斜め読みしていた。

社会面の左端に「女性教諭、ストーカー行為で逮捕」の見出しが載っていた。次の瞬間、「滝野川美玲」の文字が目に飛び込んできて、恵はあわてて記事に目を走らせた。

美玲は行きつけのバーのバーテンダー篠原潤《しのはらじゅん》に一方的な好意を寄せ、ストーカー的な行動を取るようになった。脅威《きょうい》を感じた篠原は勤め先を変え、アパートも引っ越した。しかし美玲は「特定屋」を使って篠原の住居を割り出し、ストーカー行為をエスカレートさせた。篠原は警察に訴え、捜査の後、今回の逮捕に至った。

以上が記事の内容だった。

やはり、滝野川美玲は邪悪な企《たくら》みを心に抱いていた。しかし、これでもう秀と関《かか》わることもなくなるだろう。

まずは良かったと思い、恵は新聞を置き、コーヒーを飲みながら今日の献立を考え始めた。

二日後の朝、例によってラジオ代わりのテレビのニュース番組を聞き流していると、「滝野川美玲容疑者」という言葉が耳に刺さった。

恵はあわてて新聞を置いて、テレビ画面に目を向けた。

美玲の顔写真が映っており、リポーターが取材した事件の詳細を解説していた。

「……三年前に結婚した夫とは、昨年から別居状態でした。取材に対して夫のTさんは、彼女は所有欲が強くて束縛《そくばく》がきつく、一緒に暮らすのが苦痛になったと答えてくれました。被害者の篠原さんが勤めていたバーに通い詰めるようになったのも、同じ時期からなので、別居がストーカー行為の引き金になったのかも知れません」

時系列に従って解説が進み、美玲がどんな方法で被害者の新しい住居を突き止めたのかに話が及んだ。

「ここで登場するのが『特定屋』と呼ばれる人たちです。ネットの公開情報を使って個人情報を突き止めるのを職業にしています。『特定屋』を使えば、ＳＮＳの投稿やアカウントなど、わずかな手がかりから本人の住所・氏名・年齢・血液型・嗜《し》好《こう》など、広範囲にわたる個人情報を手に入れることが出来ます」

リポーターの解説が終わると、MCとコメンテーターたちが事件について論評し始めた。

内容は「教師でありながらストーカー行為をするとはけしからん」に始まり、「子供達への影響は甚大《じんだい》だ」「学校のブラック企業体質が犯罪を誘発したのではないか」「共働き夫婦の場合、家事負担の大きさが女性を追い詰める」等々、どこかで聞いたようなコメントが続いた。

「でも、この『特定屋』っていう存在も怖いですね。これからも犯罪に利用されるんじゃないですか」

一人のコメンテーターの言葉で、恵はハッと気がついた。

秀も同じ活動をしている。しかも無報酬で。こんなことを言われたら、きっと秀は傷つくだろう……。


十月も中旬に入った土曜日、恵は普段通りに店を開けた。

土曜日は、社用族の顧客が多い銀座《ぎんざ》や赤坂《あかさか》は客足が落ちるが、新宿や渋谷《しぶや》はまるで違う。四谷《よつや》も、オフィス街の大通りは深閑《しんかん》となるが、しんみち通りは人で賑《にぎ》わっている。

恵は準備を済ませた店内を見回した。

今日の大皿料理は、エノキワカメ、カニ缶と青梗菜《ちんげんさい》炒め、タラモサラダ、高野《こうや》豆腐と椎茸《しいたけ》の含め煮、卵焼き。

エノキワカメは新作で、レシピはインターネットで見つけた。エノキと乾燥ワカメを水に入れて二分間レンジで加熱したら、水を切って調味料と混ぜるだけの、超の付く簡単な料理だが、食べると実に美味《うま》い。

カニ缶は偶然立ち寄ったドン・キホーテで売っていたカナダ産で、百グラム以上入った大缶なのに一個二百九十八円という、夢のような値段だった。恵はすでに買物をして荷物を抱《かか》えていたが、根性で十缶買ってきた。

本日のお勧め料理は、鰹（刺身またはカルパッチョ）、自家製しめ鯖《さば》、カブと塩昆《しおこん》布《ぶ》のイクラ和え、鮭《さけ》とジャガイモのグラタン、オイルサーディンのリエット（バゲット添え）。

カブと塩昆布のイクラ和えは、代々木上原《よよぎうえはら》の笹吟《ささぎん》という店の名物料理だ。いかにも贅沢《ぜいたく》で手のこんでいそうな料理だが、これも作り方は至って簡単で、恵は早速真似をした。

オイルサーディンのリエットも超簡単だ。缶詰とクリームチーズと調味料をフォークで混ぜるだけで、ミキサーもフードプロセッサーも必要ない。手間暇かけて自家製レバーパテを作ったことを思うと、ありがた涙が出そうになる。

料理を眺めて一人で悦《えつ》に入っていると、本日一番乗りのお客さんが入ってきた。

「いらっしゃいませ！」

播戸慶喜と鳴海由子だった。嬉《うれ》しくてつい声が弾む。

「どうぞ、お好きなお席に」

二人は恵の正面に並んで腰を下ろした。

「お飲み物は？」

すると播戸が即答した。

「スパークリングワインを開けて下さい。今日は特別な日なので」

その言葉に、恵まで胸が高鳴った。

ヴーヴ・アンバル・クレマン・ド・ブルゴーニュで乾杯すると、播戸が静かに言った。

「本当は、こういう場合、二人きりの方がいいのかも知れませんが、この店の恵さんは、僕にもう一度婚活を始める勇気を与えてくれた人です。だから恵さんの前でお願いします。由子さん、僕と結婚して下さい」

由子は少しのためらいもなく、ハッキリと答えた。

「はい。喜んでお受けします」

「ありがとうございます」

恵はカウンターの中で小さく跳《と》び上がった。万歳三唱《ばんざいさんしょう》したい気分だった。

「ただ、僕はあなたに一つ謝らなくてはいけないことがあります」

恵はハッと息を呑んだ。そして「余計なことは言わなくていいの！」と叫びたかった。

「僕はあなたと結婚したいと望んでいます。その気持ちに嘘はありません。でも、あなたに会う前に心惹かれた女性がいました。完全に彼女への想いを断ち切れたかと言えば、まだです。心に残っています。不誠実かも知れませんが、その人のことは必ず忘れるつもりです。約束します。由子さん、信じて付いてきてくれますか？」

由子は寂しそうに俯《うつむ》いた。

「不誠実と仰るなら、多分お互いさまです」

由子は顔を上げ、じっと播戸の目を見返した。

「私、結婚したら、両方のお友達を呼んで餃子をご馳走《ちそう》するような家庭を作りたいと言いました。その言葉に嘘はありません。でも、それだけが婚活を始めた理由ではないんです」

由子はひと呼吸置いてから再び口を開いた。

「今の仕事を辞めたかったんです。逃げたかったんです。理想を抱いて介護の仕事に就《つ》いたはずなのに、現実は違いました。パワハラをする上司やセクハラをする利用者に、精神的に追い詰められていました。そんな施設ばかりではないと思いますが、一刻も早く、職場から逃げたかったんです」

由子はグラスを取り、スパークリングワインをひと口呑んだ。

「私は播戸さんと結婚したいと思いました。優しくて頼り甲斐のある方だと思ったからです」

そうよ、その通りよと、恵は心の中で叫んだ。

「でも、結婚を望む理由に、緊急避難先を求める気持ちがあったことは確かです。今まで黙っていてごめんなさい」

由子は頭を下げようとしたが、播戸はそれを押し止《とど》めた。

「謝る必要なんかありません。お話を伺って、少し安心しました。由子さんは仕事に挫折《ざせつ》を感じたことがある。僕も婚活に挫折した経験があります。だから、これからはきっと、より多くのことに共感できますね」

播戸も勢いよくグラスを傾けた。

「ああ、緊張してすっかり忘れてた。僕、腹ぺこなんです」

「私もです」

二人が微笑《ほほえ》みを交わし、お通しの皿に箸を伸ばしたとき、入り口の引き戸が開いた。

「二人、いい？」

外から顔を覗かせたのは江差清隆だった。

「もちろん、どうぞ」

すると江差は引き戸を大きく開け、後ろを振り返って「さ、入ろう」と促した。

続いて姿を現したのは沢口秀だった。表情が暗く、大きな衝撃を受けて参《まい》っている感じだった。

江差は播戸に「どうも」と軽く挨拶《あいさつ》して、二つ離れた席に腰を下ろした。

播戸はチラリと秀を見て、その様子に心配そうな顔をしたが、もう以前のようにソワソワしなかった。

「お飲み物は？」

「日本酒」

「取り敢えずなしで？」

江差はわざとからかうように言ったが、秀の表情は暗いままだ。

「ええ。呑まなきゃやってられない感じ。ママさん、何か良いお酒ない？」

恵はおしぼりを差し出して答えた。

「最初の一杯なら翠露《すいろ》がお勧めです。繊細で涼やかなお酒なので、フレッシュにスタート出来ますよ」

「じゃ、それ。二合ね」

「グラス二つ」

江差が指を二本立てた。

デカンタとグラスを置くと、秀は勝手に手酌《てじゃく》で注いで、水でも飲むようにひと息に呷《あお》った。

「何かあったんですか？」

恵は大皿料理を皿に盛りながら尋ねた。

「美玲のこと、知ってる？」

「はい。新聞で。その後テレビでも」

秀は二杯目の酒をグラスに注いだ。

「美玲が逮捕されたのは、私のせいなの」

「バカな。違うよ」

江差の言葉に、秀は激しく首を振った。

「私のせいなのよ。私が相手の家を特定したから、美玲は……」

秀は目に涙をにじませた。

「ある女性から来た『元カレに百万円持ち逃げされた』っていう依頼、あれ、美玲だったのよ。私のことをテレビで観《み》て、相手の行方《ゆくえ》を突き止めるのに利用できると思ったらしい。私、美玲が別人になりすますなんて、夢にも思わなかった」

「君が責任を感じることなんかないよ。ハッキリ言って、君だって被害者じゃないか。嘘吐かれて欺《だま》されて、利用されたんだから」

「私がバカだったのよ。いい気になってたんだわ。特定班の活動が評価されて、正義の味方みたいな気になって」

秀はまたしてもグラスの酒を呑み干した。恵はタンブラーにミネラルウォーターを注いで、秀の前に置いた。

「私は『元カレに百万円持ち逃げされた』ってメールが来たとき、頭から真実だって思い込んで、確かめようなんて考えもしなかった。その人が私の教えた情報を、どう使うのかも」

何をどのように話せば秀が納得してくれるか、江差は考え込んでいるようだ。

「元々は私の復讐心《ふくしゅうしん》から始めたことなのに、いつの間にか正義の味方ぶってた」

秀は独り言のように呟くと、恵を見上げた。

「私が引っかかったロマンス詐欺《さぎ》ね、そのなりすまし男の写真が、昔好きだった人に似てたの。だからますます許せなくて、特定班の活動にのめり込んだんだわ。もう、ホント、情けないったら」

恵は静かに首を振った。

「ご自分を全否定しちゃダメですよ」

そして、じっと秀の目を見て先を続けた。

「美玲さんのような人は、あなたが協力しなくても、必ず目的を果たしましたよ。お金を払って『特定屋』を雇って」

恵の中では滝野川美玲が、見たことのない長船早霧のイメージと、ピタリと重なって見えた。

　秀の隣で、江差が大きく頷いた。

「あなたのお陰でロマンス詐欺の被害を免《まぬか》れた人が大勢いるのは、紛《まぎ》れもない事実なんです。それは誇って良いことですよ」

「その通り。たった一度の失敗で挫折しないでよ。俺なんか人生失敗だらけでも、めげずに生きてるんだからさ」

　秀はいくらか気分が回復したらしく、素直に頷いた。

「特定班の活動もいいけど、婚活もやったら？」

　江差が軽口を叩《たた》くと、秀はムッとした顔をした。

「からかわないで下さい」

「からかってないよ。昔好きだった人が忘れられないから、ロマンス詐欺に引っかかりそうになったわけでしょ。だったらもっといい男見つけて結婚すりゃいいんだよ」

　江差は恵の方を見た。

「ママもそう思うでしょ？」

「はい。男の恋はフォルダ保存、女の恋は上書き保存。別れたら次の人です」

そして播戸と由子の方にさっと手を向けた。

「それを証明なさったのが、この播戸さんです」

秀は初めて播戸の存在に気づいたように、小さく会釈した。今までは周囲が目に入らなかったのだろう。

「婚活のリベンジは婚姻で。本日、お二人は婚約なさいました」

江差が驚いて椅子から腰を浮かした。

「先生、おめでとうございます!」

「ありがとうございます」

播戸と由子は嬉しそうな笑顔になった。

秀も椅子から立ち上がり、申し訳なさそうな顔で頭を下げた。

「おめでとうございます。すみません、せっかくの席で、イヤな話をお聞かせしてしまいました」

「いいえ」

播戸は由子と親しげに目を見交わしてから、屈託のない口調で言った。

「僕は沢口さんの活動を尊敬していますから、挫折してほしくありません。前向きな気持ちになられて良かった」

秀が再び椅子に腰を下ろすと、江差が真面目な顔で言った。

「でも、やっぱり婚活はした方が良いよ。今は婚活しないと結婚できない時代になったんだ」

すると恵が秀の方に身を乗り出した。

「まずは手始めに、うちに通ってね。何しろ霊験《れいげん》あらたかな婚活パワースポットだから」

小さな笑い声が漏れ、やがて大きな笑いの輪になった。

めぐみ食堂の秋は、いよいよたけなわに近づいた。


〈了〉

『婚活食堂7』レシピ集

皆さん、『婚活食堂7』を読んで下さってありがとうございました。お気に召した料理はありましたか?

今回も恒例により、登場する料理をいくつかピックアップして、レシピを紹介させていただきます。

今、ほとんどの野菜は通年で販売されていますが、それでも旬はあります。日本は四季折々に美味《おい》しい旬の食材のある恵まれた国です。是非食を通して、季節の豊かさを味わって下さい。

ズッキーニとスモークサーモンのサラダ

〈材　料〉2人分
ズッキーニ　1本
ミニトマト（黄色）　4個
モッツァレラチーズ　50g
スモークサーモン　4枚
A：オリーブオイル　大匙《おおさじ》1
　酢　小匙1
　砂糖　小匙1／2
　塩　適量
ピンクペッパー・ディル　各適量

〈作り方〉
①ズッキーニはピーラーでリボン状にスライスする。
②ミニトマトとスモークサーモンは半分に切る。
③モッツァレラチーズは水気を切って、ひと口大に千切る。
④ボウルにAを入れて混ぜ合わせ、ドレッシングを作る。
⑤器に①②③を盛り付け、④をかけてピンクペッパーを散らし、ディルを飾る。
☆ズッキーニは夏野菜の新しい定番です。加熱調理はもちろん、生でも美味しくいただけます。一度お試し下さい。

変わり枝豆

〈材　料〉2人分
枝豆　200g
塩　適量
浸《つ》け汁：水　50cc
　酢　小匙1
　和風出汁《だし》の素（顆粒《かりゅう》）　小匙1
　ニンニク　1／2片
　赤唐辛子《あかとうがらし》　1／2本

〈作り方〉
①鍋に湯を沸《わ》かして塩を加え、枝豆を茹《ゆ》で、水気を切る。
②ニンニクはつぶし、赤唐辛子は種を取り除き、輪切りにする。
③ポリ袋に浸け汁の材料をすべて入れて①を加え、全体を揉《も》み込んで冷蔵庫に入れ、30分～1時間浸けて器に盛る。

☆夏はやっぱり枝豆！　タンパク質豊富でヘルシーな緑黄色野菜として、近年は欧米でも人気です。塩茹でしただけでも美味しいですが、ときにはちょっと変わった味もお試し下さい。

アサリとピーマンのカレーキンピラ

〈材　料〉2人分
ピーマン　3個
アサリの水煮缶　1缶
生姜《しょうが》　1片
サラダ油　適量
A：みりん　大匙2
　醤油《しょうゆ》　大匙1
　カレー粉　大匙1／2

〈作り方〉
①ピーマンは細切り、生姜は皮を剝《む》いて千切りにする。
②フライパンを熱してサラダ油を入れ、生姜を炒《いた》める。
③生姜の香りが立ってきたら、ピーマンとアサリの水煮缶を缶汁ごと入れて炒め合わせる。
④混ぜ合わせたAを加え、全体に味を絡《から》めながら、汁気を飛ばすように炒め、器に盛る。
☆ピーマンも夏が旬です。便利なアサリの水煮缶を使って、夏に相応《ふさわ》しいスパイシーな炒め物にしてみました。

塩豚の夏野菜巻き

〈材　料〉２人分
A：豚バラブロック　４００g
長ネギ（青い部分）　１本分
生姜・ニンニク　各１片
酒・塩　各小匙１
B：新生姜　１片
キュウリ　１本
人参《にんじん》　１／２本
大葉《おおば》・白菜キムチ　各適量
C：味噌《みそ》　大匙１
ゴマ油・コチュジャン・砂糖・酢
各小匙１
長ネギ（みじん切り）　大匙１
白煎《い》りゴマ（白）　適量
サンチュ　適量

〈作り方〉
①Aの生姜とニンニクは薄切りにする。
②Bの新生姜、キュウリ、人参は千切りに、白菜キムチはざく切りにする。
③鍋《なべ》にたっぷりの水とAの材料をすべて入れて火にかけ、煮立ったらアクを取り除き、中火で50分茹でて火を止める。そのまま冷めるまで置き、豚肉の水気を切る。
④Cを混ぜ合わせて味噌ダレを作る。
⑤豚肉を食べやすく切ったら、Bの野菜と共に器に盛り付ける。
⑥サンチュに豚肉と好みの野菜を載せ、味噌ダレをかけて包んで食べる。
☆今回は茹で肉を使いましたが、焼き肉でも同じようにすれば、たっぷり野菜を食べられます。

カジキマグロのガーリックチーズ焼き

〈材　料〉2人分
カジキマグロ　2切れ
アスパラ　2本
ミニトマト　4個
粉チーズ　大匙1
ニンニク　1片
塩・胡椒《こしょう》　各適量

〈作り方〉
①アスパラは下半分の皮をピーラーで剝き、長さを3等分に切る。
②ニンニクは擂《す》り下ろす。面倒な場合はチューブ入りのおろしニンニクを2cm使う。
③カジキマグロに塩・胡椒を振り、擂り下ろしたニンニクを塗って、粉チーズを振りかける。
④1人分ずつ調理します。アルミホイルを2枚重ね、カジキマグロ1切れ、アスパラ1本分、ミニトマト2個を載せ、オーブントースターで約10分焼く。

☆マヨネーズ大匙2に粉チーズとおろしニンニクを混ぜてペーストを作り、カジキマグロに塗って焼くのもお勧め。マヨネーズは味が完成されているので、便利な調味料です。
☆ホイル焼きやレンチン料理は、手間がかからず汚れものも少なく、忙しい現代人のお役に立ちます。

焼きナスの冷やしおでん

〈材　料〉２人分
長ナス　２本
おでん出汁（お好みの作り方で）　適量
生姜　１片
万能ネギ・削り節　各適量

〈作り方〉
①網に長ナスを載せて中火にかけ、転がしながら焼いて、全体に焦《こ》げ目が付いたら冷水に取り、皮を剝く。
②①をおでん出汁に入れ、２分ほど煮て火を止め、粗熱が取れたら冷蔵庫に入れて冷やす。
③生姜は擂り下ろし、万能ネギは小口切りにする。
④ナスを食べやすい大きさに切って器に盛り、出汁をかけ、万能ネギと削り節を散らし、おろし生姜を添える。お好みで醬油を１滴垂らしてもＯＫ。

☆トマトの冷やしおでんに続く、夏のおでんメニューです。生のままでなく、焼きナスをおでんの出汁で煮て食べるのも、乙《おつ》な味です。
☆おでんの出汁は市販品を買って水で薄めてもＯＫです。昆布《こんぶ》と鰹節《かつおぶし》を使って本格的に作る方は、尊敬します。

鮪《まぐろ》のニラ醤油漬《づ》け

〈材 料〉2人分
鮪刺身　2人分
ニラ醤油（作りやすい分量）
ニラ　1／8束
鷹《たか》の爪《つめ》　1本
鰹節　適量
A：醤油　240cc
みりん　60cc
酒　60cc
昆布　適量

〈作り方〉
①鍋にAを入れて火にかけ、沸騰《ふっとう》したら火を止めて鰹節を加え、ひと晩置いて漉《こ》す。
②細かく刻んだニラと種を取り除いた鷹の爪を①に加えてニラ醤油を作る。
③鮪の刺身を②に10～15分漬け込む。
④そのままで酒のつまみに、ご飯に載せれば漬け丼《どん》になります。

☆漬ける時間はお好みで。あっさりめなら10分以下、ねっとりした食感を楽しみたいなら5時間以上。
☆醤油の量を加減すれば、ひと晩漬けても塩辛くなりすぎません。お刺身が残ったとき、漬けにすれば翌日も美味しく食べられます。
☆漬け汁もお好みで色々試して下さい。薬味を山葵《わさび》にすれば正統派、麺《めん》つゆとゴマ油のミックスは超簡単です。

タコとアボカドのスペイン風炒め

〈材　料〉2人分
アボカド　1個
茹でダコ　80g
オリーブオイル　大匙1／2
A：ニンニク　1片
　塩・胡椒　各少々
パプリカパウダー　適量

〈作り方〉
①アボカドは種を取って皮を剝き、ひと口大に切る。
②茹でダコは乱切りにする。
③ニンニクは擂り下ろす。
④フライパンにオリーブオイルを入れて強めの中火で熱し、①②とAを入れ、手早く1分ほど炒めて火を止める。
⑤器に盛ってパプリカパウダーを振りかける。
☆アボカドは生食も美味しいですが、加熱調理もイケますよ。

インゲンの搾菜《ザーサイ》炒め

〈材　料〉2人分
インゲン　200g
搾菜　30g
長ネギ　10㎝
生姜　1／2片
削り節　1袋（3g）
ゴマ油　大匙2
酒　大匙2
水　大匙2
塩・胡椒　各少々
白煎りゴマ　小匙1

〈作り方〉
①インゲンはへたを取り、半分の長さに切る。
②搾菜と長ネギ、生姜（皮を剥いたもの）をみじん切りにする。
③フライパンにゴマ油を入れて熱し、インゲンを加えて中火で炒める。
④インゲンに油が回ったら塩を少し振り、酒と水を加えて蓋《ふた》をし、弱火で2分ほど蒸し煮にする。
⑤④に②と削り節を加えて炒め合わせ、塩・胡椒で味を調え、最後に白煎りゴマを振る。

☆多めの油で揚げるようにインゲンを炒めると、甘味や香ばしさが引き出されます。
☆蒸し煮にすると、中まで火が通ってふっくらと仕上がります。
☆発酵《はっこう》食品の搾菜は、調味料として使ってもお役立ちです。

リンゴのピンチョス

〈材　料〉12ピース分

リンゴ　1／4個
クリームチーズ（Kiri）　6個
ロースハム切り落とし　6枚
A：レモン汁　大匙1
　オリーブオイル・ハチミツ　各大匙1／2
　塩・胡椒　各少々
オリーブオイル・ディル　各適量

〈作り方〉

①リンゴはよく洗い、皮付きのまま6等分の櫛形《くしがた》に切り、芯《しん》を除いて半分に切る。
②ポリ袋にAを入れてよく混ぜ合わせ、①を加えてよく揉み込み、冷蔵庫で半日漬けてリンゴマリネを作る。
③クリームチーズとロースハムを半分に切る。
④②のリンゴマリネ1個の上に半分に切ったクリームチーズとロースハムを載せ、ピックで止める。
⑤同じ手順で12個作って皿に盛り、ディルを飾ってオリーブオイルをかける。
☆リンゴをマリネするひと手間で、ワインに良く合うつまみが出来上がります。

中華風茶碗蒸《ちゃわんむ》し

〈材　料〉2人分

卵　2個
豚挽肉《ひきにく》　60g
水　200cc
塩　小匙1
醤油・紹興酒《しょうこうしゅ》　各大匙1
仕上げ用の醤油　小匙1
ゴマ油　大匙1
万能ネギ　1／5束
（小口切りにして大匙2くらい）

〈作り方〉

①ボウルに挽肉を入れ、醤油と紹興酒を加えて混ぜ合わせる。
②丼《どんぶり》（そのまま食卓に出すもの）に卵を割り入れて溶きほぐす。
③②に水と塩を少しずつ加えて混ぜ合わせ、①をほぐしながら入れる。
④湯気の上がった蒸し器に③を載せ、蓋をして15分ほど蒸す。中華風茶碗蒸しはすが入っても気にしない。
⑤串《くし》を刺して透明な液が出ればOK。仕上げに醤油とゴマ油を回しかけ、万能ネギを散らしたら出来上がり。

☆出汁やスープを使わず、水から作るからこそ卵の自然な甘味と旨味《うまみ》が味わえる、中華の定番家庭料理です。気取らず、スプーンで取り分けて食べて下さい。

オイルサーディンのリエット

〈材　料〉２人分
オイルサーディン缶　１缶
クリームチーズ　１００g
レモン汁　小匙１
白胡椒　少々
粗びき黒胡椒　適量
ケイパー・イタリアンパセリ　各適量

〈作り方〉
①ボウルに油を切ったオイルサーディン、クリームチーズ、レモン汁、白胡椒を入れて、フォークで滑《なめ》らかになるまで混ぜ合わせる。
②器に盛り、ケイパーと粗びき黒胡椒をかけてイタリアンパセリを添える。
☆バゲットやクラッカーに載せて食べて下さい。
☆鰯《いわし》の苦みとチーズの酸味が溶け合って、酒が進みます。
☆ツナ缶や鮭《さけ》缶で作っても美味。お肉の好きな方はコンビーフ缶でもお試し下さい。
☆缶詰はとても便利な食材で、上手《うま》く使えば時短の友です。

著者紹介
山口恵以子（やまぐち　えいこ）
1958年、東京都江戸川区生まれ。早稲田大学文学部卒業。松竹シナリオ研究所で学び、脚本家を目指し、プロットライターとして活動。その後、丸の内新聞事業協同組合の社員食堂に勤務しながら、小説の執筆に取り組む。2007年、『邪剣始末』で作家デビュー。2013年、『月下上海』で第20回松本清張賞を受賞。
主な著書に、「食堂のおばちゃん」「婚活食堂」シリーズや『風待心中』『毒母ですが、なにか』『食堂メッシタ』『夜の塩』『いつでも母と』『食堂のおばちゃんの「人生はいつも崖っぷち」』『さち子のお助けごはん』『ライト・スタッフ』『トコとミコ』『ゆうれい居酒屋』などがある。

参考文献　『婚活戦略――商品化する男女と市場の力学』
高橋勅徳著　中央経済社　2021年

本書は、書き下ろし作品です。

目次・主な登場人物・章扉デザイン――大岡喜直(next door design)
イラスト――pon-marsh

PHP文芸文庫　婚活食堂7

2022年5月23日　第1版第1刷

著　者	山口恵以子
発行者	永田貴之
発行所	株式会社PHP研究所
東京本部	〒135-8137 江東区豊洲5-6-52
	第三制作部 ☎03-3520-9620(編集)
	普及部 ☎03-3520-9630(販売)
京都本部	〒601-8411 京都市南区西九条北ノ内町11
PHP INTERFACE	https://www.php.co.jp/
組　版	朝日メディアインターナショナル株式会社
印刷所	図書印刷株式会社
製本所	東京美術紙工協業組合

ISBN978-4-569-90214-2